JULES BRISSON

L'ATHÉE

ÉTUDE DRAMATIQUE

PARIS

ADOLPHE DELAHAYS, LIBRAIRE-ÉDITEUR

6, RUE CASIMIR-DELAVIGNE, 6

1882

Paris. — Imp. Dubuisson et Cie, rue Coq-Héron, 5.

L'ATHÉE

ÉTUDE DRAMATIQUE

JULES BRISSON

L'ATHÉE

ÉTUDE DRAMATIQUE

PARIS

ADOLPHE DELAHAYS, LIBRAIRE-ÉDITEUR

6, RUE CASIMIR-DELAVIGNE, 6

1882

A LA MÉMOIRE

DE

MON CHER FRÈRE

PERSONNAGES

Le comte GIL NATHAN, philosophe matérialiste ;
DON DIÉGO, son fils ;
DOMINGO, précepteur de DON DIÉGO ;
BATISTE, domestique de GIL NATHAN ;
DON RAMON
DON MIGUEL } amis de DON DIÉGO ;
DON CÉSAR, seigneur espagnol ;
BEPPO, chef des alguazils ;
UN PAYSAN ;
UN JUIF ;
UN PORTIER ;
UN TAILLEUR ;
La comtesse DOROTHÉE, femme de GIL NATHAN ;
SABINE, chanteuse espagnole ;
SEIGNEURS espagnols ;
UNE VOIX dans la vallée ;
SOLDATS.

La scène se passe en Espagne, au XVIIIe siècle.

L'ATHÉE

PREMIÈRE PARTIE

LE FILS DE L'ATHÉE

Le vieux château pendait aux flancs de la montagne,
Comme un nid de vautour ; le chaud soleil d'Espagne,
En se répercutant sur les pics dentelés,
Dorait le donjon sombre et les murs crénelés.
Une femme priait. La tristesse fatale
Avait creusé son pli sur son visage pâle,
Et l'avait, en semant sur sa route le deuil,
Jeune encore clouée aux planches du cercueil....
Un crucifix ornait la muraille; les larmes
Avaient avant le temps anéanti ses charmes,
Mais le pâle reflet de son précoce été
Répandait sur ses traits un rayon de beauté,

Semblable à ces soleils, après des jours d'orages,
Dont le disque d'argent planant sur les nuages,
Embrase l'horizon et s'éteint lentement,
Fier et majestueux, dans les feux du couchant.
Seul un fils, au rameau de la vie incolore,
Tendre et doux rejeton, la rattachait encore.

———

C'est le printemps : l'oiseau gazouille.... Il est midi.
Mai fait naître ses fleurs sous un ciel attiédi.
La comtesse tressaille et se lève : elle appelle
De son fils bien-aimé le précepteur fidèle.

(La scène se passe dans le château de Gil Nathan.)

SCÈNE PREMIÈRE

DOROTHÉE, DOMINGO

DOMINGO, entrant

Madame la Comtesse....

DOROTHÉE

       Approchez, Domingo!
Parlez-moi sans détour de mon fils Diégo :
J'attends de votre bouche une franchise extrême.
Êtes-vous satisfait de cet enfant que j'aime?
Montre-t-il du respect pour vos sages avis?
A vos prudents conseils le trouvez-vous soumis?
Vous vous taisez...

DOMINGO, secouant la tête

      Il suit une pente funeste :
Il aime le plaisir; l'étude, il la déteste.

Et si vous l'exigez.....

DOROTHÉE

Dieu! quels pressentiments!

DOMINGO

Madame, je ne puis me taire plus longtemps.
Diégo est un démon dont je ne sais que faire :
Il aime les chevaux, le vin, la bonne chère,
Les faciles amours.... Riant à tout propos,
Quand je parle morale, il me tourne le dos ;
Si j'invoque le ciel et les lois de l'Eglise,
Il se fâche et soutient que c'est une sottise.

DOROTHÉE

O mon Dieu!

DOMINGO

L'autre jour, à l'heure de leçon,
En vain je le cherchai dans toute la maison.
D'un paresseux repos son esprit est l'esclave...
Lorsque le cuisinier descendit dans la cave,
Il trouva monseigneur mollement étendu
Au milieu des flacons du vin qu'il avait bu.
Je le gourmandai fort, mais il fut insensible
A mon reproche amer.

DOROTHÉE

Quoi! serait-ce possible ?

DOMINGO

Ses deux amis Ramon et Miguel, l'autre soir,
Pour jouer aux échecs étaient venus le voir.
Tout à coup un tumulte, une rixe fatale

De même qu'un tripot firent trembler la salle :
J'accourus, et je vis Diégo, votre fils,
Provoquant de la voix ses deux hôtes surpris,
Les cheveux hérissés, la lèvre grimaçante,
Cassant, brisant les dés d'une main menaçante,
Accusant ses amis de le tricher au jeu...

DOROTHÉE

Mon enfant, un joueur..! Il est perdu, mon Dieu !

DOMINGO

Ce n'est pas tout encor, madame : tout à l'heure,
Je me promenais seul près de cette demeure,
Des roses du jardin j'admirais les couleurs,
J'aspirais le parfum des arbustes en fleurs,
Lorsque sous la charmille et son épais ombrage,
J'ai cru voir devant moi s'agiter le feuillage.
Avec précaution j'ai dirigé mes pas...

DOROTHÉE

Achevez...

DOMINGO

   Diégo tenait entre ses bras
La fille du portier, la blonde Madeleine,
Qui luttait épuisée et résistait à peine.
J'ai mis fin à la lutte. Il était temps, ma foi !
Déjà la pauvre enfant...

DOROTHÉE

    Serait-ce un rêve ? Quoi !
La débauche, le vin, le jeu, l'ivrognerie,
Souillent le fils que j'aime avec idolâtrie.

Quoi ! Diégo connaît chacun de ces défauts,
Dont un seul mène au crime, au bagne, aux échafauds !
Juste ciel ! c'est vers toi que mon espoir remonte...
Oh ! que je meure avant une pareille honte !!!

DOMINGO

En revanche, il n'est pas dans le royaume entier
Un chasseur plus agile, un plus fort cavalier;
Jamais mieux que la sienne âme ne fut trempée :
Ainsi que feu Gonzalve il se sert de l'épée,
De même qu'un Arabe il manie un cheval,
Et pour le pistolet son œil est sans rival.
L'an dernier lorsqu'aux champs naissaient les fleurs
Il abattait au vol toutes les hirondelles.   [nouvelles,

DOROTHÉE

Hélas ! ses qualités même font mes tourments :
Ce sont de ses défauts les tristes compléments...
Et que dit Gil Nathan ?

DOMINGO

                    Quant au comte, sans cesse
Au fond d'un alambic il cherche la sagesse.
L'or seul, dit-il, l'or seul occupe ses esprits ;
Le grand art est celui d'être riche à tout prix.
Nobles travaux de l'art et de l'intelligence,
Sagesse, honneur, vertu, gloire, talent, science,
Ne sont que des mots creux, des marques d'apparat,
Si de bons écus d'or n'en rehaussent l'éclat...
Diégo, s'appuyant sur la foi paternelle,
Ne subit qu'à regret mes conseils et mon zèle.

DOROTHÉE

Oh ! comment l'arracher à ce gouffre fatal ?

DOMINGO

Il n'est qu'un seul moyen pour arrêter le mal.

DOROTHÉE

Ce moyen, quel est-il ?

DOMINGO

Je crois qu'il faut soustraire
Diégo sans retard aux conseils de son père.
Qu'il parte pour Madrid, je l'accompagnerai,
Je guiderai ses pas, je le transformerai...
L'étude est un remède, et la philosophie
Comme un flambeau céleste illumine la vie,
L'esprit à ses rayons s'entoure de clarté,
Et le vice honteux se cache épouvanté.

DOROTHÉE

Il le faut... Oui ! mon fils fuira cette demeure.
Allez... Que Diégo soit averti sur l'heure !

DOMINGO, *ouvrant la porte*

J'y cours... Mais le voilà qui s'avance vers vous :
Son père est avec lui.

DOROTHÉE

Domingo, laissez-nous !

(Domingo sort. — Gil Nathan et Diégo entrent.
— Gil Nathan est vêtu d'une robe de velours,
à la façon des alchimistes d'autrefois.)

SCÈNE II

DOROTHÉE, GIL NATHAN, DON DIÉGO

GIL NATHAN, *à son fils*

Te voilà donc entré dans ta vingtième année!
L'adolescent se fait homme. — L'heure est sonnée,
Où sur l'enfant grandi le monde prend son droit.
De la famille il faut briser le cercle étroit,
Détacher bravement ta barque du rivage,
Et du monde réel faire l'apprentissage.

DOROTHÉE

Vous allez au-devant de mes vœux.

DON DIÉGO

              Oh! merci,
D'avoir songé, mon père, à m'éloigner d'ici!

GIL NATHAN

Don Ramon et Miguel, jeunes gens du même âge,
Seront tes compagnons d'étude et de voyage.

DOROTHÉE

Ce sont là des amis que je crois dangereux...
Ils aiment les plaisirs, ils fréquentent les jeux.

GIL NATHAN

C'est pendant qu'un sang chaud dans nos veines bouillonne,
Qu'on doit jouir des jours que le printemps nous donne...
Voyons! Que vas-tu faire à Madrid? réponds-moi.

DON DIÉGO

Pratiquer les conseils que je reçois de toi :
J'étudirai l'histoire et la philosophie.

GIL NATHAN, *brusquement*

Sottise que cela!... Ne passe pas ta vie
A suivre obscurément des préceptes menteurs,
Faits pour les désœuvrés et pour les gens rêveurs.

DON DIÉGO

Don Ramon l'étudie...

GIL NATHAN

      Oui, celle d'Epicure:
C'est la seule conforme aux lois de la nature.
Tout homme dont le cœur est intrépide et fort,
A suivre ses instincts doit borner son effort.

DON DIÉGO

Eh bien! j'étudierai les lettres....

GIL NATHAN

         Je m'oppose!
Car la littérature est une sotte chose :
Des discours et des mots bien ou mal alignés
Les hommes sérieux se montrent éloignés.

DON DIÉGO

Préfères-tu les lois et la jurisprudence?

GIL NATHAN

Non, pour cela ta tête a trop d'intelligence...
A l'esprit véritable il faut d'autres clartés,
Et les codes ne sont qu'un tas d'absurdités :

Sans codes et sans lois, sans tribunal austère,
Les animaux entre eux vivent bien sur la terre;
A plus forte raison l'homme, être intelligent,
Sans tyrannique loi doit suivre son penchant

DON DIÉGO

Que faut-il faire alors?

GIL NATHAN

       Mon fils, il faut sans cesse
Se tenir dans la voie où le siècle progresse....
L'honneur et le talent gémissent dans l'oubli,
S'ils n'ont un coffre-fort bien lourd et bien rempli.
Notre époque n'est plus celle du mysticisme;
C'est celle de l'argent et du positivisme;
Tout homme, quel qu'il soit, doit savoir spéculer;
L'on est assez savant lorsqu'on sait calculer.
Pour grossir son trésor tout acte est légitime...

DOROTHÉE

C'est avec ces raisons qu'on le conduit au crime.

GIL NATHAN

J'ai déjà soixante ans et, dans des cas divers,
J'ai beaucoup observé le monde et ses travers;
J'ai voyagé longtemps et j'ai vu, quoi qu'on dise,
Que tout n'est ici-bas que vile marchandise;
Le monde est un bazar infâme et dégoûtant,
Où la vertu s'achète, où la gloire se vend;
La meilleure amitié, c'est celle qui rapporte
En dernier résultat la somme la plus forte.
Patriotisme, honneur, religion, grands mots,
Vocabulaire absurde à l'usage des sots,

Sentiments surannés, préceptes creux et vides,
Légués à notre temps par des siècles stupides!...
Depuis quatre mille ans l'homme n'est pas changé :
Son esprit est toujours soumis au préjugé
Et le monde est rempli d'astuce et de sottise,
Comme au temps d'Alexandre ou celui de Moïse.

DON DIÉGO

Ta peinture est bien sombre, et tu vois tout en laid,
Mon père.

GIL NATHAN

Non, je peins le monde tel qu'il est!
L'homme voit chaque chose, aux jours de sa jeunesse,
Sous un prisme brillant de forme enchanteresse;
Mais pour peu que la main soulève le bandeau,
On aperçoit soudain la laideur du tableau.
Les dehors éclatants qui recouvrent les vices
Ne sont qu'un faux vernis fait pour les gens novices;
L'âge seul, éclairé par un constant travail,
Pour éviter l'écueil est le vrai gouvernail....
Tout est hypocrisie.

DON DIÉGO

A t'entendre, mon père,
Le monde de voleurs ne serait qu'un repaire.

GIL NATHAN

Hélas! tu vas bientôt, sur les flots ballotté,
Sur ce que je te dis savoir la vérité;
Tu vas bientôt, profonde et terrible science!
Des choses d'ici-bas faire l'expérience...
Tu verras que la vie est un vil guet-apens,
Et puisses-tu ne pas l'apprendre à tes dépens!

Après de longs travaux souvent pour son salaire
Le savant meurt de faim quand l'ignorant prospère ;
En morale, toujours l'honnête homme est celui
Qui sait le mieux cacher sa honte aux yeux d'autrui.
Dans un monde mauvais tout est en harmonie :
Partout l'habileté remplace le génie,
Et plein de vanité, le fat et l'intrigant
D'une insolente main soufflètent le talent.

DON DIÉGO

Je saurai me tenir sur mes gardes.

GIL NATHAN

Ecoute
Un autre avis avant que de te mettre en route.

DON DIÉGO

Parle !

GIL NATHAN

Tu vas, mon fils, à Madrid, loin de moi
Te trouver à vingt ans libre et maître de toi...
De vils aventuriers cette ville est jonchée :
Ton amitié sera sans doute recherchée
Par des gens inconnus. Apporte obstinément
Au choix de tes amis un grand discernement.
C'est un point capital : surtout de préférence
Des hommes opulents soigne la connaissance !
On peut de leur crédit se servir au besoin...
Mais ainsi qu'une peste évite avec grand soin
Ces gens qui sous le nom d'artistes, de poètes,
Ont pour nous rançonner les deux mains toujours prêtes ;

2.

Se lier avec eux, mon fils, c'est être fou,
Car dans leur bourse vide ils n'ont jamais un sou.
Evite leur contact !

DON DIÉGO

C'est bien !

GIL NATHAN

Evite encore
Ces fourbes raffinés qu'un vain titre décore,
Avocats sans procès, parasites menteurs,
Qui couvrent notre orgueil d'éloges imposteurs,
Sophistes ou tribuns, gens de robe ou d'église,
Exploiteurs éhontés de l'humaine bêtise !
Pour prix de leurs bons mots ils demandent de l'or.

DON DIÉGO

Je les éviterai, mon père.

GIL NATHAN

Ecoute encor !
Te voilà maintenant dans l'âge de folie,
Où l'on aime la femme...

DON DIÉGO, *souriant*

Oui ! quand elle est jolie.

GIL NATHAN

Bien entendu !... Choisis pour tes doux passe-temps
Les femmes que l'on peut délaisser en tout temps.
Fuis surtout, ô mon fils, la vierge pure et sage,
Se drapant fièrement dans sa vertu sauvage,
Et qui, tirant parti de ses jeunes appas,
Pour se faire épouser se jette dans nos bras...
Ne fais pas comme Hercule, assis aux pieds d'Omphale,

Et conserve avec soin ta liberté morale :
Nous ne sommes plus rien qu'un vil jouet, le jour
Où nous sommes courbés sous les lois de l'amour.

DON DIÉGO

C'est bien.

GIL NATHAN

Voilà le fond de ma philosophie !
Tu recevras par mois pour mener train de vie
Deux cents ducats : c'est plus qu'il ne faut, sur ma foi !
Avec de la santé pour vivre comme un roi.
Surtout arrange-toi, mon fils, de cette somme...
Allons ! suis mes conseils, tu seras un grand homme.

(Il donne à son fils une bourse
pleine d'or et sort.)

SCÈNE III

DOROTHÉE, DON DIÉGO

DOROTHÉE, *se jetant au cou de Diégo*

O mon fils ! je ne sais par quel secret effroi
Mes instincts maternels s'épouvantent pour toi.
Je ne m'abuse point... La mort pâle et muette
Déjà guette sa proie et plane sur ma tête ;
Je sens, en te perdant, se briser mon espoir,
Et je crains bien, hélas ! de ne plus te revoir.

DON DIÉGO

Rassure-toi !

DOROTHÉE

Mon fils, promets-moi d'être sage,
Et de fuir la débauche et le libertinage ;

Promets-moi d'éviter, autant que tu pourras,
Les pièges dangereux qui naîtront sous tes pas.

DON DIÉGO

Je le jure!

DOROTHÉE, *détachant un anneau de son doigt*

C'est bien. Ta promesse sacrée
Ramène un peu d'espoir dans mon âme ulcérée...
Mon fils, prends cet anneau que je t'offre en ce jour :
C'est le gage béni du maternel amour ;
C'est un don précieux, un talisman sublime
Contre l'esprit du mal, la débauche ou le crime.
Par lui tu seras pur, par lui tu seras fort,
Et tu triompheras des atteintes du sort.
Conserve-le toujours...

DON DIÉGO

Mère, je te rends grâce!

DOROTHÉE

Adieu!... Viens sur mon cœur, mon fils, que je t'embrasse!

(Elle embrasse son fils et sort.)

SCÈNE IV

DON DIÉGO, *seul*

Me voilà libre enfin !... Salut, ô liberté !
Salut, phare divin, inondé de clarté !
Mot puissant et sonore, éclatant, magnifique,
Qui brille devant moi comme un flambeau magique ! ..
Prosaïque manoir, séjour de mes

Sans regret aujourd'hui je te fais mes adieux.
Salut, beaux rêves d'or, auxquels mon cœur aspire !
Je vois à l'horizon le bonheur me sourire...
Parlez-moi de Madrid, poétique séjour,
Où l'on boit, où l'on chante et la nuit et le jour ;
De ces fraîches beautés que le midi colore,
Pures comme leur ciel, belles comme l'aurore,
Dont les regards formés des rayons du soleil,
Viennent me provoquer jusque dans mon sommeil !!
Salut, ô liberté !... pour l'oiseau qui s'envole,
Il faut l'espace, l'air de l'un à l'autre pôle,
Au lion les déserts et les sables mouvants,
Aux poissons voyageurs les eaux des océans
Mais pour l'homme, ce fils chéri que la nature
A ceint d'une auréole et si noble et si pure,
Il faut plus que les eaux, l'air ou l'immensité,
Il faut plus que la vie... Il faut la liberté !!!

(Considérant l'anneau de sa mère.)

Un bel anneau, ma foi ! je crois, sans me méprendre,
Qu'il vaut cinq cents ducats : c'est toujours bon à prendre.
Mais le moment approche, et je vais sans retard
Joindre mes compagnons et hâter le départ.

(En ce moment la porte s'ouvre,
et Ramon et Miguel entrent, une
cravache à la main et le cigare aux
lèvres.)

SCÈNE V

DON DIÉGO, DON RAMON, DON MIGUEL;
puis **DOMINGO**

DON DIÉGO, *allant au-devant d'eux*

Salut, braves amis !... Savez-vous la nouvelle
Que vient de m'annoncer la bouche paternelle ?

DON RAMON

Aux transports que tu fais éclater devant nous,
Elle doit être bonne.

DON DIÉGO

Oui ! je pars avec vous.

DON RAMON

Pour Madrid ?

DON DIÉGO

Pour Madrid.

DON RAMON

Vive Dieu ! quelle vie
De joie et de festins, d'amour et de folie !

DON MIGUEL

Mes amis, il me vient une idée... A nous trois
Des plaisirs de Madrid nous pouvons être rois.
Je vous propose donc un traité d'alliance.

DON DIÉGO

Lequel ?

DON MIGUEL

Dans nos amours, projets, duels, vengeance,

Quel que soit notre bon ou malheureux destin,
Prêtons serment tous trois de nous donner la main !

DON DIÉGO et DON RAMON, *levant la main*

Nous le jurons !

DON DIÉGO

        Madrid, ville noble et splendide !
Paradis enchanteur où la beauté réside !
Soleil, qui de la vie illumine les flots,
Comme un phare éclatant les yeux des matelots :
Oasis embaumée, où tout homme en sa course
Peut se désaltérer au cristal de la source !
Bosquets mystérieux, où les cœurs palpitants
Savourent le bonheur dans des yeux de vingt ans...
Salut, salut à toi !
        (Il déclame)
        Quelques instants encore,
Et sur nos fronts pâlis descendra le néant.
Fumons, pour dissiper l'ennui qui nous dévore,
Au fond du narguilé le tabac d'Orient !
Aux clartés des flambeaux, dans la nuit de l'orgie,
Bercés par la gaîté, plongeons-nous jusqu'au jour...
Que du nectar des dieux la lèvre soit rougie !
Le ciel a fait le vin pour égayer la vie,
        L'ivresse pour chanter l'amour...
        Amis ! qu'on me donne une lyre.
Qu'on verse jusqu'aux bords le champagne écumant !
Je veux, obéissant au transport qui m'inspire,
Chanter dans mes concerts l'amour et son empire,
Le Chypre aux reflets d'or et le Tokay fumant !..

DON RAMON

Bravo ! joyeux ami.

DON MIGUEL

Bravo !

DON RAMON

      L'heure s'avance.
Je brûle de revoir dona Thérèse, Hermance,
Doux astres de mes nuits, blanches fleurs de l'amour..

DON MIGUEL

Et moi, la blonde Irma que j'ai chérie un jour.

DON RAMON

Nous boirons le Xérès, le Porto, l'Alicante.

DON MIGUEL

Je suspendrai ma lèvre au sein d'une bacchante.

DON RAMON

Je danserai, le soir, par ma fougue emporté,
Le boléro l'hiver, le fandango l'été.

DON MIGUEL

Loin de nous les soucis : la vie est éphémère.
Mais, chut ! j'entends du bruit, je crois que c'est ta mère.

DON DIÉGO

C'est le vieux Domingo qui s'avance vers nous.

DOMINGO, *en costume de voyage, paraît sur le seuil de la porte*

Les chevaux sont tous prêts, messeigneurs, hâtez-vous !

FIN DE LA PREMIÈRE PARTIE

DEUXIÈME PARTIE

LE PRADO

La musique jouait, et la foule rieuse
Se pressait en chantant dans l'enceinte joyeuse ,
La valse tournoyait dans un rapide élan :
Le boléro fiévreux, le quadrille brillant
Se heurtaient au milieu de la folle assemblée,
Comme des escadrons au fort de la mêlée.
Les lustres étoilés ruisselaient de clarté ;
Frémissants de plaisir, d'amour, de volupté,
Suivis par les regards des senoras jalouses,
Les danseurs bondissaient sur les vertes pelouses...
C'était jour de folie... Autour d'un tapis vert
Les joueurs, l'œil en feu, jouaient un jeu d'enfer.
Des banquiers, des marquis, des ministres, des princes,
Des seigneurs de tout rang venus de leurs provinces,
Coudoyaient sous le masque et d'un air familier
Le bourgeois enrichi, le simple bachelier,
Et la fièvre crispait la face sombre et pâle
Des joueurs...

L'or partout ruisselait. Dans la salle
On se forma par groupe, et l'on n'entendit plus
Que des dés et des voix le murmure confus,
Que le choc incessant des coupes toutes pleines,
Les jurons des buveurs et leurs chansons obscènes...

(La scène se passe à Madrid.)

SCÈNE PREMIÈRE

DON CÉSAR, SEIGNEURS ESPAGNOLS, *jouant autour
d'une table*

PREMIER SEIGNEUR

Vous disiez donc, seigneur don César...

DON CÉSAR

                    Je disais
Que la femme est parfois bizarre.

DEUXIÈME SEIGNEUR

                    Je le sais,
Pardieu ! depuis longtemps.

DON CÉSAR

                    Tout est inexplicable
Chez elle : son amour est aussi peu durable
Que la neige au printemps, et son esprit mouvant
Change vingt fois par jour de même que le vent.
Son cœur, gouffre profond, et son caprice même
Pour les yeux attentifs sont un obscur problème.

TROISIÈME SEIGNEUR

Vous avez découvert là, comte don César,
Quelque chose de neuf.

DON CÉSAR

Avez-vous par hasard
Connu la senora Sabine ?

PREMIER SEIGNEUR

La joyeuse,
La belle, la diva, la sublime chanteuse ?

DON CÉSAR

Précisément.

PREMIER SEIGNEUR

Mais c'est une fleur de beauté,
Eclose dans nos murs par un beau jour d'été.
Quels regards provocants ! quelle mine friponne !
On dirait Aspasie ou Vénus en personne.

DEUXIÈME SEIGNEUR, *à don César*

Vous pouvez, scélérat ! en parler savamment ;
Vous n'avez pas, dit-on, soupiré vainement...

DON CÉSAR

C'est une erreur, hélas... Sabine était naguère
Maîtresse du marquis d'Avilar ; pour lui plaire,
Il dépensait par an cinq cent mille ducats ;
Il était d'autant plus épris de ses appas,
Qu'il était vieux. Un jour, il surprit l'infidèle
En charmant tête à tête avec le duc d'Arbelle,

Son ami....

PREMIER SEIGNEUR

Son ami?

DON CÉSAR

Le vieux marquis, blessé,
La chassa : le jour même il était remplacé....
Mais moi j'ai vainement, dans mon amour extrême,
Offert chevaux, valets, titres, fortune même,
L'ingrate a refusé mes faveurs.... Savez-vous
Pour quel rival, messieurs?

DEUXIÈME SEIGNEUR

Non, vraiment! contez-nous
Cette histoire, seigneur : ce rival ne peut être
Que l'infant don Carlos ou le roi notre maître.

DON CÉSAR

Vous vous trompez, messieurs. Ce rival triomphant
N'est rien qu'un gentilhomme obscur, presque un enfant
Qui se ruine pour elle et qui, dit-on, se nomme
Diégo...

PREMIER SEIGNEUR

Bah!

DON CÉSAR

J'ai vu moi-même ce jeune homme
Ici, dans cette salle, accompagnant les pas
De la belle Sabine et lui donnant le bras.
Vous pensez bien que moi, don César de Castille,
Espagnol, descendant d'une noble famille,
Je ne saurais souffrir, sans en être indigné,
En faveur d'un enfant mon amour dédaigné.

TROISIÈME SEIGNEUR

Et vous avez raison.

DON CÉSAR

Je me rends en personne
Dans la salle bruyante où le bal tourbillonne.
Là, devant Diégo j'élèverai la voix,
Et je ferai rougir Sabine de son choix:
Son galant cavalier, plein d'ardeur et de zèle,
Voudra sans aucun doute épouser sa querelle;
Alors, sans dire un mot, d'un signe de la main,
Je lui désignerai la porte du jardin,
Et, fidèle au devoir que m'impose mon rôle,
J'enverrai l'écolier tout droit à son école.

PREMIER SEIGNEUR

Don César, vous aurez fort à faire aujourd'hui.
Déjà cet écolier a fait parler de lui;
Il n'en est pas, dit-on, à sa première affaire;
On le dit redoutable...

DON CÉSAR

Allons! Laissez-moi faire.

PREMIER SEIGNEUR

Le voici!

DON CÉSAR

C'est le ciel qui l'amène en ces lieux....

(Plusieurs cavaliers donnant le bras à leurs
danseuses entrent en ce moment dans la salle. —
Don Diégo et Sabine viennent les derniers, et
s'arrêtent sur un côté de la scène.)

SCÈNE II

LES MÊMES; DON DIÉGO, SABINE

DON DIÉGO, *à Sabine*

Ainsi, vous désirez placer sur vos cheveux
Cette parure d'or que vous m'avez montrée...

SABINE

Oh ! c'est pour mieux vous plaire...

DON DIÉGO

      O ma belle adorée !
Tu seras satisfaite et tu m'aimeras bien,
N'est-ce pas ?

SABINE

    Entre vous et moi c'est un lien
Éternel.

DON DIÉGO

    Pourrait-on être sourd, ô Sabine,
Au désir exprimé par ta bouche divine ?
Ce n'est pas un bijou, des chefs-d'œuvre de l'art,
Belle enfant, qu'il faudrait pour payer ton regard ;
Il faudrait un empire où règne l'opulence,
Un trône plein d'éclat et de magnificence...
Allons ! pour le quadrille on donne le signal :
Je vais te reconduire à la salle du bal.
Mais, songes-y !... Je hais du profond de mon âme
Le mensonge caché dans le cœur d'une femme ;

Et si tu trahissais ma brûlante amitié,
Je te tuerais, vois-tu, Sabine ?... Sans pitié.

> (Il se dirige avec elle vers la salle du bal.

DON CÉSAR

L'ingrate !... Elle n'a pas remarqué ma présence :
Mon sang bout, et mon cœur frémit d'impatience.

> (Il s'élance au devant d'elle.)

Madame, voulez-vous m'accepter pour danseur ?
Si monsieur le permet...

DON DIÉGO, *lui cédant le bras de Sabine avec courtoisie.*

> Mais volontiers, seigneur.

> (Don César et Sabine sortent.)

SCÈNE III

LES MÊMES, *moins* DON CÉSAR *et* SABINE ;
puis DON RAMON *et* DON MIGUEL

DON DIÉGO, à *part*

Un joyau de ce prix ! c'est facile à promettre ;
Mais comment le payer ? Il me reste peut-être
Trente pauvres ducats... Beau trésor, sur ma foi !
Pour faire à cette femme un vrai cadeau de roi.
Depuis que je connais cette maîtresse avide,
Plus mon amour grandit, plus ma cassette est vide...
Qu'importe ! Les plaisirs et l'amour n'ont qu'un temps,
Et les fleurs ici-bas ne durent qu'un printemps.

Don Ramon et Miguel, mes compagnons d'orgie,
Sauront ramener l'onde à la source tarie.
Jouons ! je triplerai ma fortune avant peu...

(Il s'approche des joueurs.)

Voulez-vous, messeigneurs, m'admettre en votre jeu ?

PREMIER SEIGNEUR

Bien volontiers.

DON DIÉGO

Combien la mise ?

DEUXIÈME SEIGNEUR

Une pistole !
Et toujours en doublant...

DON DIÉGO

Voyons !

(Il joue. — Don Ramon et Miguel entrent.)

DON RAMON, à *Miguel*

Sur ma parole !
Le bal est ravissant.

DON MIGUEL

Jamais, ivres d'amour,
Tant de jeunes beautés n'ont fait voir en un jour
Tant d'attraits, tant d'éclat, tant de grâces unies
Dans le sein du Prado ruisselant d'harmonies.

DON RAMON

Quel quadrille inouï !

DON MIGUEL

Quelle valse, bon Dieu !

DON RAMON

Ce soir, Clara la blonde, au front pur, à l'œil bleu,
M'a promis de venir souper en tête à tête.

DON MIGUEL

Cette nuit, dona Ruiz, pour terminer la fête,
M'a promis en secret de tromper son époux
Avare, laid, brutal, cacochyme et jaloux.

DON RAMON

Quelle orgie!

DON DIÉGO, *jetant sa dernière pièce d'or*

Allez tous au diable, tous ensemble!
Je n'ai plus un denier...

DON RAMON, *à don Diégo*

Qu'est-ce donc? Ta voix tremble,
Diégo. Lorsque nous, pour charmer nos loisirs,
Nous cherchons dans ces lieux l'amour et ses plaisirs,
Toi, riant de nos goûts et de nos soins frivoles,
Tu brûles ton encens devant d'autres idoles;
Toi, tu cours après l'or...

DON DIÉGO

Après l'or qui me fuit.
Le destin ennemi s'acharne et me poursuit :

J'ai joué, j'ai perdu.

DON MIGUEL

Diable! qu'allons-nous faire?

DON DIÉGO

On ne peut sans argent faire un pas sur la terre.
Déjà mes créanciers, flairant mon dénûment,
Vont venir assiéger ma porte. Quel tourment!
J'ai les nerfs agacés; pour les remettre à place,
J'éprouve le besoin de me battre...

(Un éclat de rires et de voix se
fait entendre au dehors.)

DON RAMON

Il se passe

Quelque scène joyeuse au bal...

PREMIER SEIGNEUR

Je suis certain

Que c'est l'ami César qui cause tout ce train.
Allons-y voir!

(Tout le monde se précipite dans la salle
du bal, à l'exception de don Diégo. — Au
même instant, Sabine entre, pâle et irritée.)

SCÈNE IV

DON DIÉGO, SABINE

SABINE, *appelant*

Diégo!

DON DIÉGO

Quoi! Sabine m'appelle...
Quel visage irrité! qu'as-tu, ma toute belle?

SABINE

Puis-je compter sur toi? Je suis indignement
Insultée, outragée...

DON DIÉGO

Outragée! Et comment?

SABINE

Au moment où la danse échevelée, ardente,
Emportait les danseurs dans sa ronde entraînante,
Un homme audacieux n'a pas craint de poser
En public sur ma joue un insolent baiser.

DON DIÉGO, *irrité*

Et quel est le manant sans pudeur et sans âme
Qui se permet ainsi d'outrager une femme?
Son nom? quel est son nom?

SABINE

Cet homme est redouté
A Madrid pour sa force et sa brutalité.

DON DIÉGO

Son nom ?

SABINE

Il a, dit-on, et dans mainte aventure
Soutenu vingt duels sans avoir de blessure.
Il est brave... Pour toi je redoute aujourd'hui
Le résultat sanglant d'une lutte avec lui :
Peut-être il vaudrait mieux, dans un prudent silence,
Plutôt que t'exposer dévorer mon offense.

DON DIÉGO

Son nom ! son nom, te dis-je ?

SABINE

               Il est en ce moment
Dans la salle du bal, superbe et triomphant.
Cet homme, dont l'amour m'obsède et m'importune,
S'appelle don César.

DON DIÉGO, *avec éclat*

           Don César... O fortune
J'ai perdu cent ducats, t'implorant vainement ;
Merci, tu me devais ce dédommagement.

(Il sort par une porte à
droite. — Don César entre
par une porte à gauche.)

SCÈNE V

DON CÉSAR, SABINE ; *puis* DON DIÉGO

DON CÉSAR *s'avance vers Sabine en lui tendant la main*

Je viens vous supplier d'oublier votre haine
Et de me pardonner, ô ma charmante reine !
Devant mon repentir sincère voulez-vous
M'accorder le pardon que j'implore à genoux ?

SABINE

Vos paroles, monsieur, sont un nouvel outrage :
Laissez-moi.

DON CÉSAR

Je vous aime, ô Sabine, avec rage ;
Je souffre, je gémis, je brûle loin de vous.
Oh ! détournez de moi vos yeux pleins de courroux !
Je mets un si haut prix à votre bonne grâce,
Que pour la mériter il n'est rien que je fasse.

SABINE

Vous m'aimez, dites-vous : Vraiment ! vous avez tort,
Car, à vous dire vrai, je vous déteste fort.

DON CÉSAR, *lui prenant la main*

Sabine !

SABINE, *se reculant*

Loin de moi sur-le-champ, ou j'appelle...

DON CÉSAR

Pour un amour si grand, oh ! vous êtes cruelle,
Sabine ! C'est donc vrai ce que l'on dit tout bas,
A Madrid ?

SABINE

Que dit-on ?

DON CÉSAR, avec ironie

Oh ! ne rougissez pas !
On répète que vous, si belle d'élégance,
Vous avez abusé de l'inexpérience
D'un jeune bachelier...

SABINE

Quand cela serait vrai,
Que prétendez-vous faire ?

DON CÉSAR

Eh bien ! je ne saurai
Vous voir un jour de plus jouer un pareil rôle :
Les écoliers sont faits pour aller à l'école.
Si dans une heure ou deux, Diégo loin de nous
N'est pas congédié, je le ferai pour vous.

(Don Diégo entre à ces derniers
mots par la porte à gauche.)

SABINE, à don César

Si vous avez, monsieur, des menaces à faire,
Adressez-vous à lui ; ce n'est pas mon affaire,

C'est la vôtre...

DON CÉSAR

C'est bien.

SABINE

Justement le hasard
L'amène.

DON DIÉGO, *se campant fièrement devant don César*

Vous disiez donc, seigneur don César ?

DON CÉSAR

Que quand je rencontrais quelqu'un sur mon passage
Qui me fermait la route ou me portait ombrage,
Je brisais cet obstacle, et suivais fièrement
Ma route interrompue...

DON DIÉGO

Et moi, j'en fais autant,
N'importe de quel nom cet obstacle se nomme,
Qu'il s'appelle César, comte ou duc !

DON CÉSAR

Quand cet homme
S'appelle don Diégo, d'une insolente main
Je lui tire l'oreille ; entendez-vous ?

DON DIÉGO

Faquin !
Vous avez lâchement insulté cette femme.
Comte, pour un seigneur, j'en jure sur mon âme,
Vous vous êtes conduit comme un drôle...

DON CÉSAR

Et c'est toi,
Jeune étourdi, qui viens pour la défendre ?

DON DIÉGO

Oui, moi !
Vous allez à genoux lui demander sur l'heure
Pardon.

DON CÉSAR, *riant aux éclats*

Mon pauvre enfant, tu railles... Que je meure,
Si le vin ou l'amour ne t'ont pas rendu fou ?

DON DIÉGO

Tenez-vous à vos jours, don César ?

DON CÉSAR

Oui, beaucoup.
Je m'aperçois que toi, tu meurs d'impatience
De te débarrasser de ta folle existence.

DON DIÉGO, *lui jetant son gant au visage*

Trêve à ces vains propos... Relevez donc ce gant,
Insolent fanfaron !

DON CÉSAR, *tirant son épée*

C'en est trop ! sur-le-champ
Dans le jardin...

SABINE, *se jetant entre eux*

Hélas ! où courez-vous ?.. de grâce !

DON DIÉGO, *tirant son épée*

Enfin ! (*à Sabine*) Attendez-moi, Sabine, à cette place.
(Don Diégo et César sortent.)

SCÈNE VI

SABINE, *seule ; puis* DON RAMON, DON MIGUEL

SABINE

Je craignais un instant que devant don César
Don Diégo ne tremblât : loin delà, son regard
Ne s'est pas un instant troublé ; sur son visage
Eclataient fièrement l'audace et le courage.
C'est pour moi, qu'affrontant l'inconstance du sort,
En combat singulier ils vont braver la mort...
Cela fera du bruit, et les femmes coquettes
En mourront de dépit... Que les hommes sont bêtes !
Vraiment don Diégo ne me refuse rien,
Comment le remplacer, s'il meurt ?..

(Don Ramon et Miguel entrent.)

DON RAMON

Nous pensions bien

Trouver don Diégo, madame, en cette enceinte.

SABINE

Je ne sais : ce retard m'inspire de la crainte.
Il vient de provoquer don César...

DON MIGUEL

Don César ?

SABINE

Pour venger mon honneur.

DON RAMON

Ce serait un hasard,

4.

Qu'en chevalier galant, pour l'amour d'une belle,
Il vécût un instant sans avoir de querelle.
On est sûr de trouver à toute heure du jour
Diégo s'escrimant pour l'honneur ou l'amour.

(Don Diégo entre, tenant à la main son épée
rougie de sang. — Ses vêtements sont en désordre.)

SCÈNE VII

SABINE, DON RAMON, DON MIGUEL, DON DIÉGO;
puis DOMINGO *et* BEPPO

SABINE, *se jetant dans les bras de Diégo*
Ah! enfin, te voici.

DON RAMON
Que vois-je?... Une blessure,
A la main...

DON DIÉGO
Ce n est rien, c'est une égratignure.

DON MIGUEL
Ta chemise est percée et retombe en lambeau;
Que s'est-il donc passé?

SABINE
Ton front est noble et beau.
Combien je t'aime ainsi, mon Diégo!

DON DIÉGO
Silence!
On peut nous écouter; j'ai puni l'insolence

De ce comte orgueilleux qui d'un air triomphant
Me raillait sans pitié comme on raille un enfant.
Ce sang que vous voyez, c'est le sien ; et je jure
Que sa bouche à jamais est fermée à l'injure...

SABINE

Il t'avait provoqué.

DON RAMON

Mais personne du moins
Ne vous observait...

DON DIÉGO

Non, nous étions sans témoins.

DON RAMON

C'est que de don César, ardente à la vengeance,
La famille usera de sa toute puissance
Pour chercher le rival du comte, et la prison
S'ouvrira pour venger l'honneur de sa maison.

DON DIÉGO

La prison, allons donc !
(On entend au dehors la voix de Domingo.)
Mais, chut ! je crois entendre
La voix de Domingo, qui ne sait où me prendre.
Il me suit en tous lieux, il s'attache à mes pas,
Et me fait des sermons que je n'écoute pas.

DOMINGO, *entrant*

Je vous retrouve enfin, et ce n'est pas sans peine.

DON DIÉGO, *avec ironie*

Mon pauvre Domingo, vous êtes hors d'haleine.

DOMINGO, *s'approchant de lui*

Don Diégo, vous courez à la damnation :
C'est dans ce lieu de honte et de perdition,
Que vous venez cacher, en disciple rebelle,
Votre débauche infâme, impie et criminelle.

DON DIÉGO, *à part*

Pédant, va !

DOMINGO

Vous fuyez, esclave des plaisirs,
L'étude et le travail pour de honteux loisirs.
Il vous faut mettre un terme à ce genre de vie
Si contraire aux leçons de la philosophie.

DON DIÉGO, *à part*

Pédagogue hargneux !

DOMINGO

Epargnez vos dédains
Au pouvoir paternel remis entre mes mains :
Vous devez m'obéir.

DON DIÉGO, *à don Ramon et Miguel*

Mes chers amis, je n'ose
Briser encor le joug que ce rustre m'impose ;
Je dois dissimuler mes sentiments profonds,
La révolte viendra tôt ou tard j'en réponds !!!
En attendant, songez que malgré ma détresse
J'ai promis pour demain de l'or à ma maîtresse.
Allez chez les banquiers ! assiégez dans leurs camps
Les usuriers, les juifs et tous les trafiquants !
Levez-vous avant l'aube et mettez-vous en route...
Il me faut pour demain de l'or coûte que coûte !

DON RAMON

A demain !

DON DIÉGO, *à Sabine*

Quant à toi, Sabine, excuse-moi
Si je m'éloigne, mais mon cœur reste avec toi.
Rien ne vaut à mes yeux le prix de ton sourire...

(A don Ramon et don Miguel.

Dans la salle du bal veuillez la reconduire.

(Don Diégo sort avec Domingo
par la porte à gauche. — Au même
instant, Beppo suivi de ses alguazils
entre dans la salle, par la porte à
droite.)

BEPPO, *aux soldats*

Dans le fond du jardin le comte don César,
Blessé mortellement, muet, et l'œil hagard,
A fait de vains efforts pour nous faire connaître
Le nom du meurtrier... Fermez cette fenêtre !
Son rival n'est pas loin. Mes amis, en avant !

(Les soldats gardent les issues.)

DON RAMON, *à Miguel*

Don Diégo, grâce au ciel, est sauvé maintenant.

(Don Ramon et Miguel
sortent avec Sabine.)

FIN DE LA DEUXIÈME PARTIE

TROISIÈME PARTIE

LE LABORATOIRE

C'était dans un réduit obscur, où la lumière
Ne pénétrait jamais du dehors: le mystère,
Sous la voûte arrondie et sous l'épais plafond,
Planait, silencieux, comme un manteau de plomb.
Un verrou surmontait la porte de vieux chêne
Avec des clous de fer : nulle clameur lointaine
Ne troublait cet aspect lugubre ; seul, la nuit,
Le vieux comte habitait ce sombre et froid réduit.
Des verres, des soufflets, des tubes, des cornues,
Des alambics pendant sur les murailles nues,
Attendaient tour à tour le contact du foyer :
Le fourneau paraissait un éternel brasier,
Et, comme un noir démon de sa fauve prunelle,
Sous le soufflet bruyant il dardait l'étincelle.
Le hibou taciturne, à l'œil oblique et rond,
Le chat-huant pensif, au cri rauque et profond,
La couleuvre rampante et la noire vipère
Seuls avec Gil Nathan partageaient ce repaire :

De vieux livres noircis par la poudre des temps
S'ouvraient tout constellés de signes éclatants...

Tenant entre ses mains sa baguette d'ivoire,
L'alchimiste penché feuilletait son grimoire,
Et contemplait, d'un œil à la fois sombre et fier,
L'alambic qui pleurait sur le fourneau de fer.

(La scène se passe dans le cabinet
de travail de Gil Nathan.)

SCÈNE PREMIÈRE

GIL NATHAN, *puis* DOROTHÉE

GIL NATHAN, *absorbé, les cheveux en désordre, est occupé*
près de son fourneau

Pour lire dans le livre obscur de la nature,
J'ai combiné le fer, le soufre et le mercure,
Et d'un souffle puissant animant le foyer,
J'ai soumis le creuset aux flammes du brasier.
Je vais enfin, après tant d'efforts et de peine,
Découvrir le grand mot de la science humaine...

(En ce moment Dorothée entre sans être
vue et s'approche de Gil Nathan.)

DOROTHÉE

De grâce, rappelez à vous votre raison,
Monsieur.

GIL NATHAN, *se retournant*

Je vous croyais, madame, en oraison...

DOROTHÉE

Le ciel aurait besoin d'illuminer votre âme
D'un rayon de sagesse.

GIL NATHAN, *rêveur*

Oui, vraiment ! pauvre femme...
Mes efforts, mes travaux ne seront pas perdus :
Je vais tenter encore...

DOROTHÉE

Il ne m'écoute plus.

GIL NATHAN, *toujours absorbé*

Averroès prétend...

DOROTHÉE

Au nom du ciel !

GIL NATHAN

Silence !
Mes instants sont comptés ; l'œuvre grand, l'œuvre
M'appelle, et m'avertit que je suis destiné   [immense
A porter le flambeau sur mon siècle étonné.
De même que Colomb sut triompher de l'onde,
Pour enrichir l'Espagne et lui donner un monde,
De même je ferai sur notre humanité
Comme un flambeau vivant jaillir la vérité.

DOROTHÉE

Vous poursuivez en vain, dans les vapeurs d'un songe,
Un chimérique espoir, un funeste mensonge ;

Dieu vous condamne.

GIL NATHAN, sombre

Dieu! toujours ce mot fatal,
Epouvantail dressé sur ce monde banal!
Prêtres et charlatans, foule stupide, arrière!
Il n'est rien ici-bas de vrai que la matière....
Madame, votre Dieu n'est qu'un être inventé
Pour exploiter les sots et leur crédulité.
Non! il n'est pas de Dieu.... Cette funeste idole
Du règne des tyrans est l'antique symbole...
Justice, liberté, despotisme brutal,
Le vrai, le faux, le juste, et le bien et le mal,
Sur cette terre, où tout se confond et se mêle,
Comme dans un chaos se heurtent pêle-mêle;
Sans contrainte ici-bas, dans sa brutalité,
La force seule assoit son règne illimité.

DOROTHÉE

Quoi! lorsque vous voyez sur la nature entière
Le soleil épancher ses torrents de lumière;
Quand les astres des nuits, par un beau soir d'été,
Se mirent mollement sur le lac argenté,
Et poursuivent, baignés de leurs clartés sereines,
Leur cours mystérieux dans les sphères lointaines;
Vous ne sentez donc pas devant tant de grandeur
Une voix s'éveiller au fond de votre cœur,
Et votre front, courbé par un respect immense,
Ne s'incline donc pas devant tant de puissance?

GIL NATHAN

En voyant le soleil se coucher lentement
Je me dis: C'est un jour de plus vers le néant,

Vers l'éternel sommeil!

DOROTHÉE

        La démence insensée
Dans une épaisse nuit plonge votre pensée.

GIL NATHAN

Croyance en Dieu, croyance à l'immortalité,
C'est là qu'est la folie et l'imbécillité!...

DOROTHÉE

Monsieur, vous blasphémez; le blasphème est un crime.

GIL NATHAN

Vous ne comprenez rien au mystère sublime
Que la science cache à mes regards surpris.

DOROTHÉE

Laissons cela : parlons de Diégo, notre fils.

GIL NATHAN, *brusquement*

Mon fils, madame, eh bien?

DOROTHÉE

        Son précepteur fidèle
Me transmet en ce jour une triste nouvelle...
Diégo passe sa vie en de honteux loisirs.

GIL NATHAN

Le printemps de la vie appartient aux plaisirs.

DOROTHÉE

Il n'a religion ni principes...

GIL NATHAN

        Qu'importe?
Pour en avoir besoin, il a l'âme trop forte.

Nous sommes dans un siècle où l'homme vraiment grand
Des préjugés reçus doit être indépendant :
Mon fils fait bien.

DOROTHÉE

                    Dans sa folle conduite il blesse
L'amour, les sentiments...

GIL NATHAN

                        Bah ! péchés de jeunesse...
C'est le propre des gens d'esprit et de savoir.

DOROTHÉE, *avec douleur*

Hélas ! je crains qu'avec cette façon de voir,
Dépouillé des vertus dont votre orgueil se joue,
Il ne traîne au gibet un nom couvert de boue.

GIL NATHAN

Il aura de l'argent, et ne doit craindre rien,
Car lorsqu'un homme est riche, il est homme de bien.

DOROTHÉE

Ce n'est qu'un masque vain pour les yeux de la foule :
La fortune parfois passe vite et s'écoule,
Ne laissant dans le cœur que larmes et regret.

GIL NATHAN

Non ! je sais faire l'or : il saura mon secret.

DOROTHÉE

Dans un triste abandon je languis, je soupire ;
Je souffre, Gil Nathan.

GIL NATHAN

                    Que voulez-vous me dire ?

DOROTHÉE

Si j'en crois la douleur qui me ronge le sein,
Le terme de mes jours sera bientôt atteint :
Un frisson inconnu me parcourt tout entière :
Une dernière fois écoutez ma prière.

GIL NATHAN

Parlez !

DOROTHÉE

    Promettez-moi de laisser désormais
Vos tubes, vos fourneaux et vos rêves...

GIL NATHAN, *brusquement*

                Jamais

DOROTHÉE, *suppliante*

Je t'en prie à genoux.

GIL NATHAN

    Non, vous dis-je! impossible!

DOROTHÉE

A mes vœux, Gil Nathan, ne sois pas insensible.
Je sens que le malheur va s'abattre sur toi.
Eteins ce feu maudit...

GIL NATHAN

    Non, femme, laisse-moi !
      (Dorothée sort d'un pas chancelant.

SCÈNE II

GIL NATHAN, *puis* BATISTE

GIL NATHAN, *soufflant le feu sur son fourneau*

Enfin, c'est aujourd'hui qu'une gloire infinie
Va d'un immense éclat couronner mon génie ;
Quelques instants encore, et le monde étonné
Viendra pour m'applaudir, muet et prosterné.
Les peuples connaîtront le radieux mystère...
Et moi, plus opulent qu'aucun roi de la terre,
Je pourrai contempler, plein d'un étrange émoi,
Les secrets merveilleux inconnus avant moi...

(Avec enthousiasme.)

O Vérité ! trésor, que depuis Prométhée
A vainement cherché la science attristée,
Après quatre mille ans redescendant des cieux,
Tu vas donc aujourd'hui comparaître à mes yeux !!!
Je veux, fier et hardi, faire tomber le voile
Sous lequel l'infini mystérieux se voile,
Et, sûr de ma science, évoquer l'avenir
Pour féconder le monde et pour le rajeunir.

(Il souffle le fourneau avec rage.)

Pétille, feu sacré ! sur lequel, triste et sombre,
Je me suis incliné durant des nuits sans nombre !
Que ta flamme, animée à mon souffle puissant,
Vienne briser l'obstacle et hâter le moment
Où, du fond du creuset que ce fourneau recèle,
Doit éclore et jaillir l'éternelle étincelle !!!

BATISTE, entrant

Seigneur, un paysan désirerait vous voir.

GIL NATHAN

Qu'il entre.

> (Batiste sort. — Le paysan entre,
> tenant son chapeau à la main, saisi à
> la fois d'effroi et de respect.)

SCÈNE III

GIL NATHAN, LE PAYSAN

LE PAYSAN

En vous, monsieur, repose mon espoir ;
Vous êtes bien savant...

GIL NATHAN

Tous les jours de ma vie
N'ont été qu'une étude ardente, approfondie
De toute chose.... Il n'est dans ce vaste univers,
Depuis l'astre éclatant qui brille dans les airs,
Depuis l'insecte vil jusqu'à l'homme superbe,
Depuis le cèdre altier jusqu'à l'humble brin d'herbe,
Nul problème caché qu'en ses élans vainqueurs
Mon esprit n'ait sondé jusqu'en ses profondeurs.

LE PAYSAN

On assure surtout que votre intelligence
De guérir les humains possède la science.

GIL NATHAN

J'ai beaucoup observé les sucs des végétaux,
Que la nature a faits pour soulager les maux.

LE PAYSAN

Oui, vous êtes savant, et l'on assure même
Que votre vaste esprit, par un savoir suprême,
A l'aveugle destin arrachant son bandeau,
Sait ranimer les morts au fond de leur tombeau...
Est-ce vrai?

GIL NATHAN

   Halte-là! Nul pouvoir sur la terre
N'a jamais pu franchir ce seuil plein de mystère.

LE PAYSAN

Qui sait? en cherchant bien peut-être....

GIL NATHAN, *avec amertume*

      Non! l'orgueil
Avec effroi recule en face d'un cercueil.
Comme un souffle fatal planant sur chaque chose,
La mort est une loi que la nature impose.

LE PAYSAN

C'est que depuis hier mon pauvre fils n'est plus,
Et je suis accouru vers vous...

GIL NATHAN

      Soins superflus!
Si la vie a rayé ton enfant de son livre,
Si, pâle et froid cadavre, il a cessé de vivre,
Tout est fini!... Son corps appartient au néant,
Et le gouffre pour lui s'ouvre large et béant.
Je ne puis t'accorder ce que ton cœur réclame.

LE PAYSAN, *essuyant une larme*

Pauvre enfant ! que le ciel ait pitié de son âme
Alors.

GIL NATHAN

Vieux préjugé !

LE PAYSAN

Quoi ! c'est un préjugé :
Il n'est pas d'âme...

GIL NATHAN, *d'une voix sombre*

Non ! j'ai plusieurs fois cherché,
Le front morne et pensif, l'œil penché sur l'abîme,
L'âme, céleste rêve, et chimère sublime ;
J'ai longtemps disséqué dans mes fiévreux transports,
Le scalpel à la main, la matière et les corps ;
J'ai beaucoup observé dans mes veilles austères,
Les muscles et les os, les nerfs et les artères.
Aidé de la puissance et des secours de l'art
J'ai sur les éléments promené mon regard,
Et mon bras a fouillé dans tous les sens, en somme,
Ce sol inexploré que l'on appelle l'homme...
Eh bien, j'ai découvert, en cherchant au hasard,
La matière partout, mais l'âme nulle part.

LE PAYSAN

Respect aux vérités que votre voix profane !

GIL NATHAN

L'âme n'est qu'un ressort ou qu'un jeu de l'organe ;
Si le jeu se dérange ou si la pâle mort
D'un doigt rude et glacé vient briser le ressort,

Alors en un instant le corps s'affaisse et tombe ;
On nous jette en pâture aux hôtes de la tombe,
Et tout est dit...

LE PAYSAN

Monsieur, je ne suis pas savant
Comme vous, bien s'en faut, mais je crois cependant
Que nous avons une âme immortelle.

GIL NATHAN

Mystère !

LE PAYSAN, *gravement*

Inclinons-nous devant sa profondeur... J'espère
Qu'un jour nous reverrons au delà du trépas
Ceux qui nous ont aimés tendrement ici-bas.
Du trépas au néant la distance est immense...
Puisque vous ne pouvez, malgré votre science,
Faire mentir la mort et sa fatale loi,
Monsieur, vous n'êtes pas plus habile que moi.

(Il sort.)

SCÈNE IV

GIL NATHAN, *puis* BATISTE

GIL NATHAN, *seul*

Oui, mystère !... C'est là la sombre et grande image,
Qui se dresse toujours et m'arrête au passage ;
Et plus je veux savoir ce qu'est la vérité,
Plus ce mot éblouit mon œil épouvanté.
La naissance, la mort, l'être... Gouffre insondable !

Par quelle loi secrète, éternelle, immuable,
Les fruits, se colorant de duvets éclatants,
Viennent-ils à l'automne et les fleurs au printemps ?
Comment ce roi-géant, devant qui tout s'efface,
Le soleil, se tient-il suspendu dans l'espace,
Produisant, par son chaud et doux rayonnement,
La vie et la chaleur, l'amour, le mouvement ?
Et pourtant tout cela se meut dans l'existence...
Oh ! ma raison se perd dans ce dédale immense !

(Il ranime le feu de son fourneau.)

Patience ! bientôt mon esprit trouvera
L'énigme que je cherche et me l'expliquera.
Encore un seul effort, et je verrai peut-être
S'ouvrir les horizons que je cherche à connaître ;
Partout où le vulgaire interdit, confondu,
Croit apercevoir Dieu, moi je vois l'inconnu.

(Batiste entre tout effaré.)

BATISTE

Monsieur le comte...

GIL NATHAN

Eh bien ! quel importun m'appelle ?

BATISTE

La comtesse se meurt et vous mande près d'elle.

GIL NATHAN

Quel contre-temps !

BATISTE

Déjà la mort grave son pli
Sur ses yeux languissants et sur son front pâli.

Laissez là vos fourreaux.

GIL NATHAN

Mon fourneau!

BATISTE

Venez vite.

GIL NATHAN, montrant la cornue

Le mercure déjà bout et se précipite;
J'ai besoin d'être ici, le succès en dépend,
Et je ne puis quitter mon œuvre en cet instant.

BATISTE

Malgré tout mon respect je ne saurais comprendre...

GIL NATHAN

Hein?

BATISTE

Mais elle se meurt, elle ne peut attendre.

GIL NATHAN

Qu'elle fasse un effort pour se rendre vers moi.

BATISTE

Je cours lui porter la réponse...

GIL NATHAN

Hâte-toi!

(Batiste sort. — La nuit est tout à fait
venue. — Le laboratoire n'est éclairé que
par la pâle lueur du fourneau.)

SCÈNE V

GIL NATHAN, *seul*

Oui, j'accepte la lutte et je saurai combattre...
Bon ou mauvais destin, rien ne pourra m'abattre :
Tant que mon corps chétif sera ferme et debout,
Mon esprit poursuivra son œuvre jusqu'au bout.
La science ici-bas est une plante rare
Qui ne germe et fleurit que dans un sol avare,
Et c'est toujours au prix des plus rudes labeurs
Que dans un sable aride on fait naître les fleurs....
A l'œuvre, Gil Nathan !

(Il regarde l'heure à sa montre.)

      La nuit et le silence
Entourent ce donjon ainsi qu'un voile immense.
C'est l'heure solennelle où l'esprit grandissant
Vers les hauts horizons s'élève tout puissant ;
Encore, encore un pas, et je saurai sans doute
Si je dois triompher ou faillir dans ma route...

(Un faible gémissement se fait
entendre au dehors sur l'escalier.)

J'entends comme une plainte au dehors.. Qu'est-ce donc ?
On dirait une voix qui prononce mon nom...
Bah !

(Il se penche vers la cornue et
pousse un cri de joie.)

    Juste ciel ! que vois-je ? Au fond de la cornue
Le mercure revêt une teinte inconnue,
Et des parcelles d'or, par un art surhumain,
Brillent dans le creuset placé là sous ma main.

La matière s'anime au contact de l'idée;
Mon esprit a vaincu... Salut, ô Prométhée !!!

> (Tout à coup, à travers les vi-
> traux du laboratoire, un éclair
> jaillit du sein de la nue. — Le
> sol tremble, le tonnerre gronde.

Grondez, foudres du ciel ! Que la terre en émoi
S'agite convulsive en saluant son roi !!!

> (En ce moment, Dorothée pâle et
> mourante, paraît sur le seuil du la-
> boratoire, semblable à un fantôme.

SCÈNE VI

GIL NATHAN, DOROTHÉE ; *puis* BATISTE

DOROTHÉE, *debout sur le seuil*

Tu te trompes, Nathan : ce tonnerre qui gronde
Ne vient point célébrer ta science inféconde ;
C'est le bras tout puissant d'un Dieu juste et jaloux
Qui va faire sur toi rejaillir son courroux.

GIL NATHAN

Dorothée !

DOROTHÉE

    Oui, c'est moi, Nathan... Veuille m'entendre.
Dans le fond du tombeau je vais bientôt descendre ;
Mais, avant de mourir, en ce moment cruel,
Je viens te demander un compte solennel.
Grâce à toi, la douleur, le deuil et la souffrance
Ont éteint dans mon cœur l'amour et l'espérance ;

Je pleure, grâce à toi, par un destin amer,
Mes tristes ans passés dans ce château désert.
Qu'as-tu fait des serments d'amour et de tendresse
Que tu me fis entendre aux jours de ma jeunesse ?
Qu'as-tu fait de mon fils, enfant infortuné,
Par tes conseils pervers au crime condamné ?
Je te parle sans haine et sans parole amère,
Mais réponds sans détour à l'épouse, à la mère,
Qui réclame ses droits...

GIL NATHAN

      Vous prenez mal le temps,
Et je suis occupé de soins plus importants.

DOROTHÉE

Mes moments sont comptés : la mort muette et sombre
Est là, froide, implacable, et me guettant dans l'ombre...
Réponds-moi !

GIL NATHAN

  J'ai besoin d'être seul.

DOROTHÉE

       Songes-y !
Tes moments sont comptés comme les miens.

GIL NATHAN, *montrant le fourneau*

           Voici
Ma réponse... Je sais faire de l'or.

DOROTHÉE

        Chimère !
Ouvre sans nul retard ton œil à la lumière.

GIL NATHAN

Quoi ! tu n'admires pas d'un œil fier et jaloux
Ma science ?...

DOROTHÉE

Insensé !

GIL NATHAN

                    Les femmes comme vous
N'ont jamais rien compris aux merveilleuses choses...
Avoir vingt ans cherché les effets et les causes,
Avoir sacrifié, loin des regards rivaux,
Tous les jours de sa vie à d'immortels travaux ;
Puis soudain voir tomber par un effort suprême
Le voile qui cachait le sublime problème
De la création et de l'humanité,
N'est-ce pas là l'excès de la félicité ?

                    (Un nouveau coup de tonnerre plus
                    violent se fait entendre.)

DOROTHÉE

Si ma trop faible voix ne peut se faire entendre,
Nathan, prête l'oreille et tâche de comprendre.
Ton œuvre est un blasphème, et Dieu te la défend...

GIL NATHAN, *avec ironie*

Pauvre femme ! elle croit que je suis un enfant.

DOROTHÉE, *d'une voix plus faible*

Mon ami, je le sens, les forces m'abandonnent ;
De la funèbre nuit les ombres m'environnent ;
Mon corps déjà s'affaisse, et la clarté descend
Pour la dernière fois sur mon front pâlissant.

GIL NATHAN

Demain un jour nouveau viendra dissiper l'ombre.
Patience!

DOROTHÉE

Oh! la mort est une chose sombre!
Je suis venue ici parce que, loin de toi,
J'avais des visions qui me glaçaient d'effroi;
Avant que de quitter le monde et cette vie,
Je veux entendre encore une parole amie.
Ce sont mes derniers vœux et mon dernier désir;
Ainsi que j'ai vécu, je ne veux pas mourir.

(Elle tombe presque inanimée. — Gil Nathan,
absorbé, contemple avec terreur la cornue qui
vient de se fendre, et d'où la vapeur s'échappe.)

GIL NATHAN, *avec effroi*

Que vois-je?

DOROTHÉE, *d'une voix éteinte*

Oh! que je souffre, hélas! c'est l'agonie.
J'ai soif!... Un verre d'eau, Gil Nathan, je te prie!

GIL NATHAN, *toujours absorbé*

Quoi! la fatalité viendrait détruire encor
Mon œuvre et m'arrêter dans mon fiévreux essor!
Sur mon fourneau brisé je verrais, ô souffrance!
Pâlir et s'éclipser ma dernière espérance....
Oh! non, c'est impossible.

DOROTHÉE

Il ne m'écoute plus!

GIL NATHAN

Eh quoi! tous mes efforts seraient-ils superflus?...

Par la fente du verre un sifflement sonore
S'échappe, et dans les airs la vapeur s'évapore...

DOROTHÉE, *se soulevant à demi*

J'expire sans secours, t'implorant vainement
De ramener vers moi ton œil compatissant;
Lorsque je cherche en toi durant mon agonie
La consolation, je trouve l'ironie.
Je meurs abandonnée, et peut-être en ce jour,
Au sein des voluptés prodiguant son amour,
Diégo, triste objet de toute ma tendresse,
S'enivre sur le sein d'une indigne maîtresse....
Anathème sur toi dont l'œil plein de mépris
Se moque de l'amour et des serments trahis!
Anathème à jamais sur ta science infâme,
Qui t'aveugle l'esprit et te dessèche l'âme!
Puisse le désespoir empoisonner tes jours,
Et que de Dieu vengeur la justice ait son cours!!!

(Elle retombe sur le parquet et meurt. —
Minuit sonne à l'horloge du château.)

GIL NATHAN

Il est minuit... La mort plane sur ma demeure.

(Un dernier coup de tonnerre retentit dans le
ciel embrasé.—La foudre tombe sur le fourneau;
la cornue éclate avec une explosion terrible. —
Gil Nathan roule sur le corps inanimé de sa
femme. — Un éclat de verre lui a crevé les yeux.
— Il est aveugle.)

BATISTE, *entrant une lampe à la main*

Que se passe-t-il donc, Dieu du ciel! à cette heure?...

FIN DE LA TROISIÈME PARTIE

QUATRIÈME PARTIE

LE MEURTRIER

Assis sur un fauteuil dans un coin de sa chambre,
Diégo tout pensif fumait sa pipe d'ambre.
Semblable au voyageur, près d'un gouffre profond,
Qui sent le noir vertige assaillir sa cervelle,
Et le terrain manquer sous son pied qui chancelle,
Il sentait le malheur qui planait sur son front.
C'est en vain que d'un doigt crispé, sur cette pente,
Pour éviter la chute, il cherchait un appui ;
Le roseau se brisait sous sa main défaillante,
Il roulait dans l'abîme entr'ouvert devant lui,
Nul flambeau ne l'aidait à sonder les ténèbres ;
Seul, l'oiseau de la nuit, comme un hôte moqueur,
Dans l'ombre répondait par ses accents funèbres
Au long cri de détresse échappé de son cœur.

Le jour revint soudain dans son âme déserte ;
On monta l'escalier à pas précipités,

Et Ramon et Miguel, pâles, déconcertés,
Parurent sur le seuil de la porte entr'ouverte.

> (La scène se passe à Madrid chez don Diégo. —
> Collection d'armes suspendues à la muraille. — Au
> fond une fenêtre ouvrant sur le Mançanarès.)

SCÈNE PREMIÈRE

DON DIÉGO, DON RAMON, DON MIGUEL

DON DIÉGO, *à ses amis qui entrent*

Amis, qu'apportez-vous?

DON RAMON, *montrant sa poche vide*

Rien !

DON DIÉGO, *à don Miguel*

Et toi?

DON MIGUEL

Rien non plus!
Nos soins et nos efforts ont été superflus :
Nous avons vainement de par toute la ville
Cherché quelque vieux juif...

DON RAMON

Hélas! peine inutile.
L'argent est un gibier bien rare, et le plus fin
S'expose, en le cherchant, à des courses sans fin.
Quel insipide état que le métier des hommes
Qui n'ont pas de crédit dans le siècle où nous sommes!

DON DIÉGO

Quoi! pas même un ducat... Quoi! pas même un denier...
Pas même de crédit chez un vieil usurier...
Et pourtant j'ai promis de donner ce jour même
Une parure d'or à Sabine que j'aime.
Faute d'un peu d'argent, je vois fuir sans retour
Mon rêve le plus cher, Sabine et son amour;
Cette femme à ma vie est aussi nécessaire
Que l'air que je respire et le jour qui m'éclaire.
C'... il me faut de l'or...

DON MIGUEL

Quoi! tu l'aimes donc bien,
Diégo, cette femme?

DON DIÉGO, *avec exaltation*

Oh! oui, je l'aime, et rien
Ne pourra m'arracher au pouvoir qui m'enchaîne.

DON MIGUEL

Un amour ainsi fait est une lourde chaîne.
Prends garde!

DON DIÉGO

Je le sais : elle règne sur moi.
Je me débats en vain sous sa fatale loi;
Je combats sans espoir, du soir jusqu'à l'aurore,
L'amour qui me poursuit, le mal qui me dévore.
Je demande à l'ivresse, au falerne écumant,
A l'orgie, au sommeil, l'oubli de mon tourment;
Mais chaque effort tenté sous le mal qui m'entraîne
Ne fait que resserrer les anneaux de ma chaîne.
Mon cœur brûle, s'agite et bat mon sein fiévreux;

Un nuage de sang passe devant mes yeux,
Et je vois voltiger des images affreuses.

DON RAMON

Mon pauvre ami, va !

DON DIÉGO

    Trêve aux paroles oiseuses !
Quand je vis ce démon pour la première fois,
Elle chantait un air de Mozart... Quelle voix !
La musique jouait, et la foule éperdue
A ses accents divins se tenait suspendue ;
Tous les cœurs palpitaient, attentifs, haletants,
Et la salle croulait en bravos éclatants.
Et moi, pétrifié, l'œil fixe, dans ma stalle,
Je contemplais, muet, cette image fatale,
Et j'étais immobile, et tout mon être ému
Palpitait vaguement sous un trouble inconnu...
Dès lors je m'aperçus que ma vie et mes rêves
A la belle Sabine appartenaient sans trêves,
Et j'y volai soudain, comme l'oiseau tremblant
Sous l'œil fascinateur du reptile rampant.

DON RAMON

Et tes chers compagnons de débauche et d'orgies ?
Et nos nuits sans sommeil, et nos coupes rougies,
Le soir, dans les élans d'un immense gala,
Voudrais-tu par hasard oublier tout cela ?
Sois homme donc, ami, que diable !

DON DIÉGO, *avec fureur*

      L'air, la terre,
Le monde, l'existence, et tout ce qu'on vénère,

Gloire, patrie, honneur, cela n'est rien pour moi,
Si Sabine en ce jour se dérobe à ma loi.
Je veux posséder seul et son corps et son âme...
Et d'ailleurs n'ai-je pas acheté cette femme
Assez cher ?... Vingt duels, des millions dépensés
Pour contenter ses goûts étranges... C'est assez !
Cette femme est à moi : l'amour comme une lave
Ardente me dévore... Oh ! je suis son esclave !
Malheur ! malheur ! malheur !

DON RAMON

                    Laissons l'amour jaloux
Aux gens naïfs : ce mot n'a pas de sens pour nous.

DON DIÉGO

Il me faut de l'argent, il faut qu'on m'en apporte !
Allez, cherchez, trouvez ; volez même, qu'importe !
Quoi ! vous ne seriez bons qu'à déguster les plats
Et qu'à boire le vin servi dans mes repas ?
L'heure presse : trouvez de l'argent l'un ou l'autre !
Il y va de ma vie, il y va de la vôtre...

DON MIGUEL

Diable !

DON DIÉGO, *détachant sa bague du doigt*

          Voici l'anneau que ma mère en partant
Remit entre mes mains comme un gage, en disant:
« Prends! c'est un bouclier, un talisman sublime
« Contre l'esprit du mal, le remords ou le crime;
« Par lui tu seras fort, et tu triompheras.
« Conserve-le » ! — Pourtant il vaut cinq cents ducats.

Cinq cents! c'est quelque chose... Oh! ce n'est pas possi-
Je rougis d'y songer.   [ble!

(Il remet son anneau au doigt.

DON RAMON

Non, ce serait horrible!
Laisse là ta maîtresse et conserve ce don.

DON DIÉGO

Abandonner Sabine! Y songes-tu, Ramon!
Ah! bénis le destin si ma main vengeresse
N'a pas de ton conseil châtié la hardiesse.
Que le ciel embrasé de feux étincelants
Vomisse son courroux sur les hommes tremblants!
Qu'une éternelle nuit, que la guerre et la peste
Couvrent le monde entier comme un voile funeste!
Je verrai sans pâlir, calme dans mon repos,
L'univers s'abîmer dans un nouveau chaos.
Mais Sabine!... Un instant renoncer à sa vue!
Repousser son amour!... Que la foudre me tue!!!

DON MIGUEL

Que faire alors?

DON DIÉGO

Allons! lorsque l'homme une fois,
Privé de la raison de son âme aux abois,
Pâle et morne, a glissé sur le chemin du crime,
Rien ne peut l'arrêter aux pentes de l'abîme.
Sa volonté subit une fatale loi;
Une force le pousse et lui dit: — Hâte-toi!
Il chancelle, il frémit comme un enfant sans mère;
La honte, le délire et la folie amère

Lui donnent le vertige et lui montrent au fond
Le spectre qui l'appelle et le gouffre profond....

(Regardant à sa montre.)

Sabine va venir ici dans ma demeure...
Il me faut de l'argent.

DON MIGUEL

Est-ce sérieux?

DON DIÉGO

Sur l'heure

Amenez mon vieux juif.

*(Don Ramon et don Miguel
sortent. — Domingo entre.)*

SCÈNE II

DON DIÉGO, DOMINGO, *puis* UN DOMESTIQUE.

DOMINGO, *entrant*

Monsieur, de toutes parts
Il n'est bruit que de vous: vos coupables écarts
Et ceux de vos amis passent toute mesure.
Déjà la chose est grave, et tout Madrid murmure.

DON DIÉGO

Vraiment!

DOMINGO

Je viens ici pour la dernière fois
En qualité d'ami faire entendre ma voix.

DON DIÉGO, *avec impatience*

C'est une fois de trop.

DOMINGO

Le devoir qui m'inspire
Me donne en ce moment la force de tout dire :
La mesure est au comble, et pour vous parler net,
Vous n'êtes, Diégo, qu'un franc mauvais sujet.

DON DIÉGO

Bravo ! Je suis ravi de cette découverte.

DOMINGO

Pour vous ma surveillance est sans cesse en alerte.
Il n'est pas chaque jour d'acte vil, odieux,
Dont vous ne vous souilliez vingt fois à tous les yeux.
Chaque soir, au milieu d'une orgie effroyable,
Je vous prends dans mes bras ivre-mort sous la table.

DON DIÉGO

C'est la faute du vin. Après ?

DOMINGO

Ce n'est pas tout ;
Les alguazils pour vous sont sans cesse debout.

DON DIÉGO

Ces gens-là sont payés pour travailler... Ensuite ?

DOMINGO

Ah ! rougissez plutôt d'une telle conduite.
Vous êtes devenu la terreur des époux ;
Devant vous chacun fuit ; les mères, grâce à vous,

N'osent plus s'éloigner de leur maison absente,
Et tremblent en plein jour pour leur fille innocente.

DON DIÉGO

Après?

DOMINGO

Vos fournisseurs et vos créanciers
Assiègent votre seuil de protêts et d'huissiers;
Mais, loin de satisfaire à leurs justes réclames,
Vous leur faites subir des traitements infâmes,
Et le bâton est prêt pour calmer leur ardeur...

DON DIÉGO

Les drôles! Je leur fais encore trop d'honneur.
Après?

DOMINGO

Après? Après? En résultat, vous êtes
Un homme vil, souillé, flétri, perdu de dettes,
Et chacun en passant dans la rue, au hasard,
En vous montrant du doigt détourne le regard.
Moi, votre précepteur, je crains d'avoir en somme
Fait de vous un coquin au lieu d'un honnête homme.

DON DIÉGO

Est-ce tout?

DOMINGO

Finissons, pour l'honneur de nous deux,
Un rôle ridicule et même dangereux.
En apprenant hier la mort de votre mère,
Aucun pleur n'est venu mouiller votre paupière;
Vous étiez dans l'orgie, et vos regards surpris
D'aucun regret amer ne se sont assombris.

Vous n'avez point de cœur... Je vous laisse à l'abîme
Qui s'ouvre devant vous : pour arriver au crime
Vous n'avez plus qu'un pas à franchir, et je sens
Que vous le franchirez, monsieur, avant longtemps.

DON DIÉGO, *avec colère*

Je ne suis pas d'humeur d'écouter et d'entendre
Tes stupides sermons que je ne puis comprendre;
Il est temps de finir ton rôle de pédant,
Et je vais commencer le mien en te chassant.
Je crois être dans l'âge à pouvoir me suffire,
Et je n'ai nul besoin de toi pour me conduire.
Laisse-moi !

DOMINGO

C'en est trop, et je cours à l'instant
Rendre compte de vous au comte Gil Nathan.

DON DIÉGO, *avec ironie*

Adieu ! Dis-lui surtout qu'en ce moment suprême,
Il me faut de l'argent, sinon j'irai moi-même
Puiser au coffre-fort au fond de son château...

(Domingo sort.)

UN DOMESTIQUE, *entrant*

La senora Sabine arrivera bientôt.

(Il sort.)

SCÈNE III

DON DIÉGO, *seul*

Oh! Combien par instants la vie est orageuse!
Il n'est point d'océan dont l'onde furieuse,
Agitée, exposée au noir souffle des vents,
Soulève plus d'écume et plus de flots mouvants...
Le destin ennemi me subjugue et m'entraîne :
Tantôt c'est la vengeance, et tantôt c'est la haine,
C'est l'amour convulsif qui gronde dans mon sein,
Comme un volcan qui bout, comme un feu souterrain,
Qui s'enflamme au contact des étincelles sombres,
Et qui sème partout l'horreur et les décombres...

(On frappe à la porte.)

Holà! J'entends quelqu'un; je reconnais le juif.
Entrez.

(Le juif entre. — Petit vieillard
sordidement vêtu, à la barbe gri-
sonnante.)

SCÈNE IV

DON DIÉGO, LE JUIF, UN PORTIER, UN TAILLEUR

LE JUIF, *entrant*

Je viens savoir, monsieur, pour quel motif

Vous m'avez fait venir.

DON DIÉGO

Approche!

LE JUIF

C'est sans doute
Pour me rendre l'argent que vous devez...

DON DIÉGO

Ecoute!

LE JUIF, *continuant*

Vous êtes le phénix, monsieur, des débiteurs.
Plut au Dieu d'Abraham que tous les emprunteurs
Fussent exacts, autant que vous-même vous l'êtes,
Et bientôt sur la terre on n'aurait plus de dettes.
Mais personne ne rend, cela me gêne un peu.

DON DIÉGO

Silence à tes discours!

LE JUIF

Comment?

DON DIÉGO

Eh! oui, parbleu!
J'ai besoin de trois cents ducats.

LE JUIF

Hein? Cette affaire
Est grave, et je ne sais comment vous satisfaire.
Vous m'en devez trois cents déjà; trois cents encor
Cela fera six cents, c'est bien quelque chose... Or,

Le crédit est éteint et, d'une main avare,
Chacun cherche à cacher l'argent qui devient rare.
Tout se vend hors de prix, les affaires vont mal;
On ne rembourse rien, rentes ni capital.
Ah! monsieur, sur l'honneur! le métier le plus triste
Est celui de banquier et de capitaliste.

DON DIÉGO, *lui montrant sa bague*

Regarde cet anneau, c'est un bijou charmant.
Combien l'estimes-tu?

LE JUIF, *l'examinant*

Voyons! le diamant
Me parait assez pur; l'or est bon, mais la forme
Aux modes d'aujourd'hui n'est nullement conforme.
La mode! vous savez, monsieur, qu'en objet d'art,
Seule elle fait la loi.

DON DIÉGO, *avec impatience*

Silence, vieux bavard!
Estime cette bague, et donne-moi la somme.
Que m'importe la mode?

LE JUIF

Eh bien, foi d'honnête homme!
Je veux, pour épargner les discours superflus,
Vous la payer trois cents ducats, et rien de plus.
C'est à peu près le chiffre où monte votre dette;
Je vais donc emporter cet anneau...

(Il met l'anneau dans sa poche,
et fait un pas pour sortir.)

DON DIÉGO, *le retenant*

Juif, arrête!

Je ne suis pas d'humeur à plaisanter...

LE JUIF

> Ni moi.
En commerce l'honneur est mon unique loi.
Je suis marchand loyal, et c'est une sottise,
Je suis dupe souvent par excès de franchise.

DON DIÉGO

Vil drôle, va !

LE JUIF

> Tenez, je porte la valeur
A cinquante ducats de plus et, sur l'honneur,
C'est tout ce que je puis vous donner.

(Il lui compte cinquante ducats.)

DON DIÉGO, *prenant l'argent*

> O ma mère !
Pardonne-moi.

LE JUIF, *sortant*

Monsieur, je vous salue.

DON DIÉGO

> Arrière !
Infâme trafiquant, ô juif ! au cœur étroit...
Quand la probité souffre et la faim et le froid,
Lorsque l'on voit sombrer dans un même naufrage
L'honneur et le talent, la vertu, le courage,
Voilà qu'un usurier étale tour à tour
Son cynisme impuni, son mensonge au grand jour ;
Et le vulgaire vain, qu'un faux éclat attire,
Au lieu de le siffler l'applaudit et l'admire.

O honte ! O lacheté !

LE PORTIER, *entrant*

Monsieur, excusez-moi !
C'est un compte nouveau que je vous remets...

DON DIÉGO

Quoi !

Mon portier !

LE PORTIER

Cette note avec la précédente
Se monte à cent ducats.

DON DIÉGO, *lui donnant l'argent qu'il tient à la main*

Tiens, en voici cinquante.

LE TAILLEUR, *entrant*

Monsieur, j'ai pour demain à faire un payement
De soixante ducats...

DON DIÉGO

Mon tailleur à présent..

O malédiction !

LE TAILLEUR

Pouvez-vous faire en sorte
De me les avancer?

DON DIÉGO

Que le diable t'emporte !
Je n'ai plus un ducat, je n'ai plus un denier,
Je suis aussi manant que Job sur son fumier...

(Il les met à la porte.)

SCÈNE V

DON DIÉGO, *seul*

L'or ! toujours l'or ! métal odieux ou sublime,
Qui donne les vertus ou qui conduit au crime !
Sans l'or pas de bonheur, pas de pain, pas d'amour,
Pas de sommeil la nuit, pas de repos le jour;
Sans l'or pas d'amitié!!! Avec l'or, au contraire,
C'est la toute puissance et tout ce qu'on vénère;
C'est le plaisir qui brille au front de la beauté,
Le luxe, les festins, l'amour, la royauté!!!
Oh! béni soit celui dont la gloire féconde
Le ravit le premier aux entrailles du monde,
Et qui, faisant à l'homme un don si précieux,
Lui dit : Prends ce pouvoir qui vous égale aux dieux!
L'or est le grand levier dans le siècle où nous sommes,
Qui soulève la terre et gouverne les hommes;
Le soleil aujourd'hui du ciel disparaîtrait,
L'or se ferait soleil et le remplacerait...
Et moi, faible et chétif, atome sans puissance,
Je suis dépossédé de cette force immense.
O rage! je vois là, près d'un gouffre entr'ouvert,
Un spectre qui m'attire avec un rire amer...
Fantôme! loin de moi ton regard homicide!
Es-tu l'esprit du meurtre ou celui du suicide?

> (On entend au dehors le roulement d'une voiture. —
> Un moment après, Sabine, richement vêtue, entre chez
> don Diégo.)

SCÈNE VI

DON DIÉGO, SABINE

SABINE, *entrant*

Me voici! Pour voler en ce jour près de toi,
J'ai tout abandonné.

DON DIÉGO

Sabine!

SABINE, *se jetant à son cou*

       Embrasse-moi!
Je te trouve, au milieu de la foule stupide,
Si grand, que tout sans toi me paraît insipide.
Ainsi que le soleil répandant sa clarté,
J'aime à te contempler rayonnant de beauté.

DON DIÉGO

Tu m'aimes donc bien?

SABINE

       Moi! Dans la foule empressée
De ceux dont ma présence attire la pensée,
N'ai-je pas à toi seul prodigué chaque jour
Mes regards caressants, ma beauté, mon amour?
Et pourtant, agité par des soucis frivoles,
Tu parais aujourd'hui douter de mes paroles...
Relève ton beau front, et chassons loin de nous
La tristesse et le deuil pour des pensers plus doux;
Le bonheur nous sourit dans un ciel sans nuages;
Nous pouvons défier la vie et ses orages.

DON DIÉGO

Est-ce bien vrai, Sabine?.. Excuse mon erreur :
Tu ne ressembles pas aux femmes sans pudeur
Qui, dédaignant l'amour, ne donnent leur sourire
Qu'aux bourses pleines d'or...

SABINE, *étonnée*

Diégo, que veux-tu dire?

DON DIÉGO

C'est que l'amour de l'or, l'infamie et le mal
Ont tellement soufflé sur ce siècle infernal,
Que l'on craint de passer, dans l'époque où nous sommes,
Pour niais lorsqu'on croit à la vertu des hommes,
Aux tendres sentiments, à l'amour chaste et pur,
Aux nobles passions...

SABINE

Ton langage est obscur.

DON DIÉGO

Je sens que le malheur, semblable à la tempête,
S'amasse à l'horizon et plane sur ma tête;
Pour soutenir le choc dirigé contre moi,
J'ai besoin de l'amour d'un ange tel que toi.

SABINE

Explique-toi!

DON DIÉGO

Je suis ruiné.

SABINE

C'est étrange!

DON DIÉGO

Hélas! rien n'est plus vrai, Sabine.

SABINE

                  Cela change
La question alors.... Et la parure d'or,
Porcelaines, bijoux, meubles, que sais-je encor?
Que tu m'avais promis.... J'ai foi dans ta promesse.

DON DIÉGO, *avec passion*

Eh! qu'importent bijoux, or, diamants, richesse,
Luxe éclatant et vain?... Quand l'amour une fois
A gravé dans le cœur ses éternelles lois;
Quand il a fait jaillir l'incendie en notre âme,
Rien ne peut altérer ou détruire sa flamme.
J'oublie et ma misère et mon deuil en ce jour,
Puisqu'il me reste encor Sabine et son amour.
Nous quitterons Madrid, cette maudite ville,
Nous fuirons, si tu veux, vers un lointain asile,
Pour y goûter tous deux, sous des cieux enchantés,
Des jours pleins de tendresse et de félicités.

SABINE, *poussant un éclat de rire*

Cette plaisanterie est excellente.

DON DIÉGO

                      Écoute!
Tu peux me soutenir au milieu de ma route.
Le désespoir me pousse et ma tête est en feu.

Sauve-moi!

SABINE

Mais....

DON DIÉGO

Sans toi mes jours m'importent peu.

SABINE

Mon ami, laisse-moi m'expliquer sans faiblesse:
Si tu n'as plus d'argent, cherche une autre maîtresse.
Je t'ai beaucoup aimé, j'en conviens; j'aime encor
Ton esprit, ta beauté, mais je préfère l'or.

DON DIÉGO

Sabine!

SABINE

Que veux-tu? Nous autres, nous ne sommes
Qu'un instrument chétif entre les mains des hommes.
Quand la femme est tombée une fois, le mépris,
En la marquant au front, de sa chute est le prix;
Elle cache dès lors sa honteuse existence
Sous des dehors pompeux de luxe et d'opulence;
L'argent est nécessaire à son cœur éperdu
Pour lui faire oublier l'honneur qu'elle a perdu....

DON DIÉGO, *interrompant*

N'achève pas!

SABINE, *continuant*

Suivant sa nature diverse,
Comme il peut ici-bas chacun fait son commerce.
Les uns vendent leur or à trois et cinq pour cent,
Les autres leurs produits, les autres leur talent;

Quant à nous, profitant des humaines faiblesses,
Le plus que nous pouvons nous vendons nos caresses....
Restons amis !

DON DIÉGO, *avec colère*

        Hélas ! dans quel bourbier sans fond
Ai-je placé mon cœur et mon amour profond ?
Oh ! sois trois fois maudit, sexe impie et funeste,
Que mon cœur aima trop et que mon cœur déteste !
Votre main qui caresse a toujours un poignard...
Ah ! vous faites pitié, femmes, lorsqu'au h......
Vous prenez un cœur d'homme et, sa... ....., sans
A vos lâches instincts le livrez en pâture.... .....ure

SABINE

Tu n'as plus d'or, dis-tu ?... de même qu'un roman,
Notre amour passager touche à son dénouement.
Tant que tu m'as donné des bijoux, des dentelles,
Mon cœur, mes sentiments te sont restés fidèles.
En attendant des jours et des soleils meilleurs,
Reprends ta liberté : je vais chercher ailleurs
L'argent dont j'ai besoin, hélas !

DON DIÉGO

        Pour mon salaire,
Après tant de ducats dépensés pour te plaire,
Tu veux me laisser là comme un haillon usé
Que l'on jette au rebut... C'est un crime insensé,
J'en jure par le ciel ! j'en jure sur ma vie !

(Il se place en face d'elle d'un air
menaçant.)

SABINE

Crois-moi, mets de côté ces airs de comédie ;
Rien ne saurait changer le parti que j'ai pris ;
A la saine raison rappelle tes esprits.

DON DIÉGO, *d'une voix tonnante*

Prenez garde, morbleu !... Je ne suis pas un homme
Qu'on puisse impunément fouler à ses pieds, comme
Un insecte rampant. Tu m'appartiens...

SABINE

Qui ? moi ?

DON DIÉGO

Tu m'appartiens !... Je suis ton maître malgré toi...
Ton maître, m'entends-tu ? Ne t'ai-je pas payée
Au prix de ma fortune en vain sacrifiée,
Au prix de mon honneur, au prix de mon amour,
Au prix de mon repos envolé sans retour ?...
Prends garde ! tout le sang qui coule dans ta veine
Pour laver ta noirceur me suffirait à peine...

SABINE, *riant*

Que vous êtes enfant !

DON DIÉGO, *détachant un poignard de la panoplie suspendue à la muraille*

Sabine !

SABINE

Ce n'est plus
L'usage de mourir pour ses amours perdus.
C'était bon autrefois, mais chez nous, race usée,
La morale défend cette chose insensée.

(Elle chante.)

Sur le sol aride
Une fleur poussa.
Le soleil avide
Vit la fleur candide
Et soudain l'aima.

La fleur était belle,
Et, dans le vallon,
Le soleil sur elle
Darda l'étincelle
De son chaud rayon.

Sous cette caresse
La fleur resplendit...
Bientôt la détresse
Remplaça l'ivresse,
Et la fleur languit.

O soleil, dit-elle,
Va, fuis ! Laisse-moi !
Ta flamme est mortelle :
La fleur la plus belle
Périt près de toi.

Crois-en un vieux livre !
Ton rayon si beau
Vainement m'enivre :
A la fleur pour vivre
Il faut un peu d'eau....

Comprends ma pensée,
O mon cher trésor !
A la fleur brisée
Il faut la rosée....
Il me faut de l'or !!!

DON DIÉGO, *avec une fureur croissante*

Sabine!

SABINE, *faisant un pas pour sortir*

Laisse-moi sortir.

DON DIÉGO, *allant tirer le verrou de la porte*

Non, par le ciel!
Tu ne sortiras pas... L'instant est solennel,
Nous sommes seuls ici.

SABINE

Ton regard m'épouvante;
Ton œil est plein de sang; ta main pâle et tremblante
Agite ton poignard... Diégo, reviens à toi,
De grâce!

DON DIÉGO

Il faut choisir entre la mort ou moi.

SABINE, *cherchant à fuir*

Ni l'un ni l'autre.

DON DIÉGO

Eh bien! meurs donc, sirène infâme!
Monstre, qui te parant du nom sacré de femme,
De même qu'un vautour féroce et carnassier,
Excites ma douleur pour t'en rassasier!
Mon bras en te frappant fait œuvre de justice.
Que ne puis-je étouffer dans un même supplice
Les femmes sans pudeur qui, de même que toi,
Prodiguent le mensonge et trahissent leur foi!
C'est toi, c'est ton pouvoir, dont la perfide ivresse,
Comme un souffle fatal a flétri ma jeunesse,

Et qui, semant la mort sur un terrain fécond,
M'entraîne sans retour dans l'abîme profond....
Meurs!

> (Il se précipite sur elle, la saisit
> aux cheveux, et lui plonge son
> poignard dans le cœur.)

SABINE

Au secours!

> (Elle tombe en poussant un cri. —
> En ce moment on frappe à la porte, la
> voix de don Ramon et de don Miguel
> se fait entendre.)

SCÈNE VII

LES MÊMES ; DON RAMON, DON MIGUEL

DON RAMON, *du dehors*

Holà!

DON DIÉGO, *allant ouvrir*

Ramon? Miguel?... Silence!

DON RAMON, *entrant*

Quelle sombre pâleur, Diégo! ton regard lance
Des éclairs de fureur; ton front est menaçant
De colère, et tes mains sont couvertes de sang...

Que se passe-t-il donc ?

DON MIGUEL

Un meurtre ?

DON RAMON, *apercevant le cadavre de Sabine étendu par terre.*

Une victime !

DON DIÉGO

C'est le désespoir seul qui m'a conduit au crime ;
C'est l'amour...

DON RAMON

Malheureux ! et ton duel d'hier,
Pour comble de malheur, vient d'être découvert...

DON DIÉGO

Quand je cherchais en elle une parole amie,
Sa bouche sans pitié m'a lancé l'ironie.

DON MIGUEL

Que faire ? il faut agir.

DON DIÉGO

Mes amis, un conseil.

DON RAMON

Parle !

DON DIÉGO

Notre destin est à peu près pareil ;
Nous sommes tous les trois flétris, criblés de dettes,
Conspués dans Madrid et bannis de ses fêtes ;
Nous sommes menacés par un juste retour
D'être tous trois pendus ensemble, au premier jour.

Avant que le malheur sur nous se précipite,
Il est temps de franchir la dernière limite...
Saluons le grand jour de notre liberté!
Secouons nos manteaux sur la société!
Déclarons une guerre implacable à nos frères,
Et loin de leurs erreurs, et loin de leurs misères,
Ainsi que le lion, roi des vastes déserts,
Ainsi que l'aigle altier qui plane dans les airs,
Allons, aventuriers, sous le ciel des Espagnes,
Demander un asile aux gorges des montagnes!
Guerre aux hommes méchants! guerre aux hommes ja-
Guerre!.. c'est à leur tour à trembler devant nous.   [loux!

RAMON et MIGUEL, ensemble

Oui, guerre!

DON DIÉGO

        Toi, Ramon, un jour sur la pelouse
Du Prado, tes discours offensèrent l'épouse
D'un seigneur; depuis lors, pour venger cet affront,
Des poignards assassins sont dressés sur ton front.
Le juge a contre nous rendu plus de sentences
Qu'il n'est d'étoiles d'or au sein des cieux immenses;
Nous coudoyons de près tous trois, dès à présent,
Vous, les cachots étroits; moi, l'échafaud sanglant.
Appelons près de nous les hommes que le crime
A poussés comme nous aux portes de l'abime,
Et l'on verra bientôt ce que peut Diégo,
Caché comme un bandit dans les rochers...

DON MIGUEL

                        Bravo!

DON DIÉGO

Pour que la lutte soit favorable et prospère,
Il nous faut de l'argent...

DON RAMON

Et des armes...

DON DIÉGO

Mon père
Tient entassés au fond de quelque obscur réduit
Des lingots d'or; aidés des ombres de la nuit,
Allons rendre visite au coffre héréditaire...

DON RAMON

Oui! de tout temps l'argent fut le nerf de la guerre.

DON MIGUEL, prêtant l'oreille

Silence! La nuit tombe; un bruit vague et confus
Arrive du dehors...

DON RAMON, écoutant

Oui, nous sommes perdus.
On nous cherche depuis le lever de l'aurore;
Nous sommes pris tous trois...

DON DIÉGO, ouvrant la fenêtre

Mes amis, pas encore!
L'obscurité devient épaisse: Sous ce mur
Le Mançanarès roule un flot limpide et pur:
Cherchons notre salut sur la vague discrète...
Qu'à me suivre à l'instant chacun de vous s'apprête!

(On frappe à la porte avec violence.)

DON RAMON

Entendez ces clameurs !

DON MIGUEL

Voyez briller ce fer !

DON DIÉGO, *escaladant la fenêtre*

Au delà de ces murs, dans l'espace désert
A nos yeux devant nous le chemin large s'ouvre,
Et de la liberté l'horizon se découvre.
Adieu, ville maudite ! adieu, société,
Vieille prostituée au regard effronté !
Contre nous désormais ta puissance s'efface,
Et nous allons bientôt nous revoir face à face !!!

*(Il saute par la fenêtre du fond. — Don
Ramon et don Miguel le suivent. — En
ce moment les alguazils enfoncent la porte
et entrent.)*

FIN DE LA QUATRIÈME PARTIE

CINQUIÈME PARTIE

LE SALON GOTHIQUE

Du côté du couchant, en face du vallon,
S'élevait une tour; ses épaisses murailles
Avaient pendant cent ans défié les batailles,
Les sièges, les assauts, le temps et l'aquilon.
Dans cette vieille tour un grand salon gothique
Des siècles écoulés témoin mystérieux,
Éclairait, sous un jour pâle et mélancolique,
La forme démodée et la poussière antique
Des vieux meubles fanés laissés par les aïeux.
Des écussons brodés aux chiffres des ancêtres,
Des armes, des poignards réunis en faisceaux,
Se dressaient sur les murs, en face des fenêtres,
Comme des bas-reliefs au fronton des tombeaux.
Ici, graves, le front entouré d'auréole,
Les comtes Gil Nathan étalaient leurs portraits;
Là, les pinceaux fameux de l'école espagnole
Des aïeux trépassés retraçaient les hauts faits.

Depuis longtemps déjà la nuit était venue;
Dans un coin du salon une lampe brûlait...
Batiste se tenait debout, et tête nue,
Près de son maître assis... Le vieux comte veillait.
Le silence au dehors planait dans l'étendue....

(La scène se passe dans le château de Gil Nathan.)

SCÈNE PREMIÈRE

GIL NATHAN, BATISTE

GIL NATHAN, *aveugle*

Quelle heure est-il, Batiste?

BATISTE

Il est minuit bientôt.

GIL NATHAN

Le silence se fait autour de ce château :
C'est l'heure du mystère, où la terre attentive
Chante avec ses cent voix sa romance plaintive;
La lune fait briller sa nocturne clarté,
Au-dessus du donjon, dans un ciel argenté.
Les nids dorment en paix dans l'épaisse feuillée;
Les astres de la nuit sous la voûte émaillée
Mirent, calmes et doux, leur front limpide et pur
Comme dans un miroir sur le bassin d'azur....
Autrefois je pouvais à travers les distances
Contempler la nature et ses magnificences;
Aujourd'hui, triste objet de douleur et d'effroi,
Une éternelle nuit est descendue en moi.

(Minuit sonne à la tour. — Il se lève
avec agitation.)

Minuit sonne... Minuit! minuit! heure terrible!
Chassons les visions de cette nuit horrible...
Le vent soufflait. Dehors, de moments en moments,
Le tonnerre éclatait en sourds rugissements;
L'éclair faisait glisser sa lueur fugitive
Sur la terre troublée, émue et convulsive.
Tout à coup....

BATISTE

Monseigneur, laissez ce souvenir.

GIL NATHAN, *se calmant*

Sous quel nuage obscur se voile l'avenir!
L'homme, ce fier Titan; l'homme, génie immense,
Animé par ce feu qu'on nomme intelligence,
Cherche en vain, laboureur penché sur son sillon,
Les problèmes cachés à son regard profond.
Lorsqu'après des essais et des luttes sans trêves,
Il croit réaliser ses projets et ses rêves;
Lorsqu'après quarante ans de travaux obstinés,
Il croit voir de succès ses travaux couronnés,
C'est alors que la main du Destin implacable,
Comme un être chétif, le saisit et l'accable.

BATISTE

Il est certains secrets que l'homme est impuissant
A découvrir jamais, monseigneur....

GIL NATHAN, *avec amertume*

Et pourtant

Mon ouvrage était grand; chaque jour davantage
J'approchais de ce but poursuivi d'âge en âge;
Et ce travail sublime et ce rêve inouï
A trompé mon attente et s'est évanoui,

9

Comme un brouillard léger par un soleil d'automne....
Pour moi cette maison est triste et monotone.
Mon fils Diégo vit loin de moi: je suis seul!
Déjà la mort me tend son pâle et froid linceul:
Je crois entendre, au sein de ma lente agonie,
Chacun me prodiguer l'outrage et l'ironie....
Hélas! je suis maudit.

BATISTE

Courage, monseigneur!

GIL NATHAN

Ce n'est pas tout, j'ai peur. Oui! Batiste, j'ai peur!
Moi, l'éternel railleur des croyances naïves,
Moi, qui ne crois en tout qu'aux choses positives,
Dans mon doute moqueur je me sens ébranlé;
De sombres visions mon sommeil est troublé.
Depuis longtemps déjà, quand la nuit est venue,
La comtesse défunte apparait à ma vue
Et remplit de terreur mon esprit agité;
Elle jette sur moi son regard attristé.
Son front est entouré d'une blanche auréole,
Et, pâle en son linceul, sans dire une parole,
Sans reproche, sans bruit, d'un geste solennel,
Elle lève la main et me montre le ciel.
Je chasse vainement cette image si triste.
Elle revient toujours.... Reste avec moi, Batiste!
J'ai peur quand je suis seul.

BATISTE

Il vous reste, seigneur,
Des amis dévoués, votre vieux serviteur,

Votre fils....

GIL NATHAN

Ah! mon fils.... Ce nom dans ma détresse
Est comme un baume saint jeté sur ma tristesse.
Pourquoi tarde-t-il tant à venir?.. En ce jour
De son maître et de lui j'attendais le retour.
Ils ne sont pas venus, que cela veut-il dire?

(En ce moment Domingo apparaît
sur le seuil de la porte, couvert de
poussière, et en costume de voyage.)

BATISTE

Voici son précepteur qui pourra vous instruire;
Avec !.. je vous laisse.

(Batiste sort.)

SCÈNE II

GIL NATHAN, DOMINGO; *puis* **BATISTE**

GIL NATHAN, *à Domingo qui entre*

Est-ce vous, Domingo?

DOMINGO

Je viens pour vous parler de votre fils Diégo:
J'arrive de Madrid.

GIL NATHAN

Et mon enfant sans doute
Avec son précepteur a dû se mettre en route.

DOMINGO

J'arrive seul ici.

GIL NATHAN

Mon fils serait-il mort?

DOMINGO

Plût au ciel!

GIL NATHAN

Qu'est-ce à dire?

DOMINGO

                        Hélas! il vit encor,
Monseigneur...

GIL NATHAN

Je frémis.

DOMINGO

                        Je voudrais vous apprendre
D'autres récits que ceux que vous allez entendre.
Poussé par le démon, votre fils s'est jeté
Au sein de la débauche et de la volupté;
Les dettes, les duels, l'impiété sacrilége
L'accompagnent partout de leur triste cortége,
Et le crime l'a fait, en le marquant au front,
Tomber de chute en chute au dernier échelon.
Enfin dernièrement....

GIL NATHAN

                Expliquez-vous, de grâce!

DOMINGO

Rompant toute mesure et cynique d'audace,
Il a tué Sabine, une maîtresse à lui,
Et les bras teints d'un sang encore chaud, il a fui
A travers les rochers qui bordent les collines,
Détroussant les passants et vivant de rapines,
Poursuivi par la loi comme un aventurier.

GIL NATHAN

Quoi! mon fils, un bandit!... mon fils, un meurtrier!

DOMINGO, *tirant une gazette de sa poche*

Monseigneur, je comprends votre douleur mortelle.
Un journal de Madrid annonce la nouvelle,
On ne peut en douter.... Avec ses compagnons
Il rôde dans ces lieux ou dans les environs.
Sa tête est mise à prix: l'implacable justice
Dresse déjà pour lui l'instrument du supplice.

GIL NATHAN

Et moi, je suis aveugle! et moi, je suis ici
Souffrant, cloué sur mon fauteuil, à la merci
Du sort impitoyable!... Et pourtant l'on assure
Qu'il est un Dieu clément, père de la nature!
Qu'il soit maudit ce Dieu, ce tyran inhumain,
Qu'il s'appelle Hasard, ou Génie ou Destin!
Etre vindicatif! Providence égoïste!
Lorsque sur les mortels il pourrait, s'il existe,
D'un mot faire régner un éternel bonheur,
Il livre l'univers en pâture au malheur!!!

9.

BATISTE, *entrant tout effaré*

On cerne le château.

GIL NATHAN

Qui ?

BATISTE

Des hommes en armes.

DOMINGO, *à part*

Dieu! quel pressentiment.

GIL NATHAN

Que le tocsin d'alarmes
Résonne sur la tour et réveille mes gens!
Ah! pourquoi n'ai-je plus ma vigueur de vingt ans!

BATISTE

Seigneur, c'est inutile, ils sont en trop grand nombre.
Tant qu'au dehors les uns sont embusqués dans l'ombre,
Les autres, plus hardis et plus audacieux,
A travers le château pénètrent dans ces lieux.
L'incendie et la mort comme un triste cortège
Accompagnent leurs pas... Que le ciel nous protège!
Entendez-vous ces cris?

(En ce moment, don Diégo entre dans la
salle. — Un masque couvre son visage; une
gourde d'eau-de-vie pend à son côté. — D'une
main, il tient une torche allumée et de l'autre un poignard.)

SCÈNE III

LES PRÉCÉDENTS, DON DIÉGO

DON DIÉGO, *entrant*
>> Salut, ô messeigneu···

DOMINGO, *à part*
Je reconnais sa voix et ses accents moqueurs.

BATISTE
Soyez compatissant pour ce vieillard.

DON DIÉGO
>> La vie
Est un immense cercle, une route infinie,
Un horizon sans borne où l'on marche en avant,
Où pour se dire adieu l'on se voit en passant,
Comme des voyageurs pressés...

GIL NATHAN
>> Les noires ombres
Etendent leur rideau sur ces murailles sombres;
Quel projet insensé te pousse et te conduit?
Depuis longtemps déjà l'heure a passé minuit...

DON DIÉGO
C'est l'heure solennelle, effrayante ou sublime!
C'est l'heure de l'amour comme celle du crime...
Jadis, dans les écarts de ma première ardeur,
Lorsque la haine encor n'agitait pas mon cœur,

J'aimais à m'égarer à cette heure charmante
Le soir, dans les bosquets, quand la lune mourante,
Pâle reine des nuits, descendait lentement
De son trône d'azur aux bords du firmament;
J'aimais, ivre d'amour, de bonheur et de joie,
Bercé sur les gradins d'une échelle de soie,
A m'introduire au seuil d'un boudoir parfumé,
A reposer mon front sur un sein bien-aimé...
Mais, aujourd'hui, semblable au hibou taciturne,
J'erre, sombre et pensif, sous le rayon nocturne,
Afin de dérober au chasseur inhumain
Ma trace vagabonde et mon triste chemin.
Je promène en tous lieux ma haine et ma vengeance,
Et je prends où je puis le pain de l'existence.

GIL NATHAN

Malheureux! mais le vol est un crime odieux.

DON DIÉGO

Cela dépend du but. Lorsqu'un roi glorieux
Assujettit un peuple ou démembre un empire,
Loin de flétrir son nom, le monde entier l'admire,
Et la postérité, d'une unanime voix,
Célèbre sa conquête et chante ses exploits.
Ce qui fait le forfait, c'est l'échec, non le crime...

GIL NATHAN, *à part*

Le son de cette voix m'émeut et me ranime...

DON DIÉGO, *attendri*

> Quand j'étais tout enfant, ma mère,
> Pensive, me parlait tout bas,
> Et chantait d'une voix légère
> Pour m'endormir entre ses bras.

Son doux regard plein de tendresse,
Semblable à celui du soleil,
Dorait les jours de ma jeunesse
De son rayon chaud et vermeil.

Quand la nuit ramenait son voile,
Elle disait avec amour:
Vois, mon fils, là-bas cette étoile!...
C'est là que nous irons un jour.

Du malheur l'haleine fatale
L'emportant dans son tourbillon,
Avait sur son visage pâle
Tracé son précoce sillon.

Fantôme entouré de mystère!
Victime vouée au tombeau!
Elle errait, triste et solitaire,
Dans les murs noirs de ce château...

GIL NATHAN, *toujours à part*

Mon cœur bat avec force et je ne sais pourquoi
Dans un transport fiévreux mon sang bouillonne en moi...

DON DIÉGO, *continuant*

Ces temps ne sont plus où ma mère
Me jetait un regard si doux,
Et chantait d'une voix légère
Pour m'endormir sur ses genoux!

Hélas! couverte de son voile,
Et le cœur débordant d'amour,
Elle a pris son vol vers l'étoile,
Où je dois la rejoindre un jour.

Comme le cygne blanc qui passe,
Comme l'oiseau mélodieux,
Son âme a traversé l'espace
A la recherche d'autres cieux.

Et moi, ballotté par l'orage,
Et du passé brisant les liens,
De ces jours lointains du jeune âge
Je me souviens! je me souviens!

GIL NATHAN, *à Diégo*

Dis-moi quel est ton nom et quelle est ta naissance!

DON DIÉGO, *avec amertume*

Mon nom!.. Et c'est aux bords où coula mon enfance,
Sous les toits des aïeux encor tout palpitants
Des premiers souvenirs de mon jeune printemps,
Sous la voûte sonore où la voix de ma mère
M'aidait à bégayer le doux nom de mon père,
Qu'on vient me demander mon nom et mon pays!..
O mon père!

GIL NATHAN, *avec transport*

Qui? toi?.. Toi, Diégo, mon fils!

DON DIÉGO

Oui, mon père.

GIL NATHAN, *avec force*

Tu mens!.. Vil imposteur, arrière!
J'en atteste le ciel, je ne suis pas ton père.

DON DIÉGO, *à part*

Mon courage est glacé ; je sens s'éteindre en moi
La force d'accomplir mon projet...

> (En ce moment, don Ramon et don Miguel,
> également couverts d'un masque, entrent dans
> la salle, tenant une torche à la main.)

SCÈNE IV

LES PRÉCÉDENTS; DON RAMON, DON MIGUEL.

DON RAMON, *à don Diégo*

Souviens-toi,
Diégo, de tes serments!..

DON DIÉGO, *portant la gourde à ses lèvres et buvant*
une gorgée d'eau-de-vie

Eh bien! oui, soyons hommes!
O vieillard, loin de toi l'illusion !.. Nous sommes
Les jouets d'un destin implacable tous deux,
Et je viens pour toujours te faire mes adieux.
Je suis ce fils auquel ton esprit en démence
Préconisa de l'or la fatale influence;
Je dois, à tes conseils enfant trop assidu,
L'infamie et la honte où je suis descendu.
Un génie infernal me subjugue et m'entraîne...
Vieillard! épargne-moi toute parole vaine.

> (Il ôte son masque, et le jette
> loin de lui.)

BATISTE, *effrayé*

Diégo!

GIL NATHAN

Foudre, gronde! et que tes roulements
Ebranlent ce château jusqu'en ses fondements!

BATISTE, *à* DON DIÉGO

Votre crime est affreux.

DON DIÉGO

Le bœuf, race docile,
A tracé son sillon dans un terrain fertile;
La semence a germé sous la fraîcheur des nuits,
Et le soleil propice a fécondé les fruits.
Les épis blonds sont mûrs et la moisson est prête...
Debout, vieillard! Pourquoi détournes-tu la tête?

GIL NATHAN

Parle! que me veux-tu?

DON DIÉGO

De l'or! je veux de l'or!
Livre-moi sur-le-champ la clé de ton trésor.

GIL NATHAN

Scélérat! Prends mon sang pour assouvir ta rage.
De l'or! je n'en ai point.

DON DIÉGO

Prends bien garde! l'orage
S'amoncèle sur toi; depuis plus de vingt ans
Tu fabriques lingots sur lingots....

GIL NATHAN

Non, tu mens!

DON DIÉGO, *d'une voix menaçante*

Monsieur le comte!

GIL NATHAN

Hé bien?

DON DIÉGO, *buvant une autre gorgée d'eau-de-vie*

Ici tout me convie
A joindre un nouveau crime aux crimes de ma vie....
C'est ici que ma mère en un triste abandon
Est morte assassinée en maudissant ton nom;
C'est ici que ta main, superbe d'insolence,
A refusé toujours le pain de l'indigence
Aux mendiants courbés par la faim et le deuil,
Qui t'imploraient en vain accroupis sur ton seuil;
C'est ici que ta voix pleine d'hypocrisie
M'a donné sur l'amour, sur le monde et la vie,
De fausses notions et des conseils trompeurs
Qui m'ont mis à deux pas des échafauds vengeurs....
Eh bien! je te renie à mon tour.... Sur mon âme,
Si tu ne livres pas la clé que je réclame,
Par mes soins à l'instant l'incendie allumé
Dévorera bientôt ce donjon enflammé....
Quoi! tu ne réponds pas...

GIL NATHAN

Que m'importe la vie!
J'ai déjà trop vécu! va, livre à l'incendie

Le manoir paternel! Couronne tes forfaits!

DON DIÉGO, *ivre*

Eh bien! vieillard, tes vœux vont être satisfaits...

(Il s'approche de la fenêtre et
fait signe aux bandits de mettre
le feu au château.)

Holà! mes compagnons...

BATISTE, *montrant à Diégo son père aveugle*

Respectez sa misère!
Pitié pour votre père aveugle!

DON DIÉGO

Non, arrière!
Je ne suis pas son fils, je suis son châtiment...

(En ce moment un jet de flammes brille sur les
murailles par la fenêtre entr'ouverte. — Des flots
de fumée envahissent le salon du château. — Des
craquements se font entendre.)

GIL NATHAN

Qu'entends-je? Où suis-je?.. O ciel! quel est ce craque-
La mort plane en ces lieux et la flamme rapide   [ment?
Etend autour de nous son foyer homicide;
Mon esprit voit partout l'image du trépas.
Batiste! Domingo! ne m'abandonnez pas!!!

(Il jette la clé à son fils.)

Tiens, fils maudit! arrache aux flots de l'incendie
Ce métal qui causa les tourments de ma vie.
Sauve, si tu le peux, ce funeste trésor.
Et maudit à jamais soit le pouvoir de l'or!

DON DIÉGO

Il est trop tard...

GIL NATHAN

Pour toi, ne crois pas, fils impie,
Voir longtemps ici-bas ta conduite impunie.
La malédiction d'un père te suivra
Partout où ton mauvais destin te conduira,
Et mon spectre vengeur viendra, sombre et farouche,
A tes derniers moments se dresser sur ta couche!!!

> (Don Diégo, Ramon et Miguel sortent. — Batiste charge
> Gil Nathan sur ses épaules, et l'emporte loin des flammes.
> — L'incendie s'étend peu à peu à toutes les parties du
> château dont la charpente s'écroule dans un immense
> brasier.)

FIN DE LA CINQUIÈME PARTIE

SIXIÈME PARTIE

LA VALLÉE DE L'EXPIATION

Depuis la catastrophe un an s'était passé.
Comme en un champ de mort, à la place attristée,
Où s'élevait jadis le château de l'athée,
Le silence régnait et l'herbe avait poussé.
Se traînant lontement et d'un pas qui chancelle,
Aveugle et foudroyé par le sort inhumain,
N'ayant pour tout ami qu'un serviteur fidèle,
Le vieillard triste errait de chemin en chemin.
Un sentier serpentait aux flancs de la vallée;
A gauche, offrant l'aspect d'un immense entonnoir,
Un abîme béant, profond, sinistre à voir,
Ouvrait sa bouche informe, horrible et dentelée....
C'est là que le vieillard arriva vers le soir.

Sous son manteau hideux de frimas et de neige,
Déjà depuis deux mois l'hiver s'était enfui.

Souriant et joyeux, paré de son cortège
De rayons embaumés, le printemps avait lui...
Dans les bois, dans les champs, parmi les fleurs sans
L'abeille bourdonnait, le papillon volait;   [nombre,
Tout était fête et bruit, tout riait et chantait.. .
Du comte Gil Nathan l'âme seule était sombre !!!

> (Un sentier dans la montagne, bordé de
> rochers et de précipices. — Près du sen-
> tier une masure en ruines. — C'est le soir,
> une heure avant le coucher du soleil. —
> Beppo, accompagné de soldats, apparaît
> au détour du sentier.)

SCÈNE PREMIÈRE

BEPPO, SOLDATS

BEPPO

Si mes renseignements sont bien sûrs, c'est ici
Qu'il doit passer suivi de sa bande...

PREMIER SOLDAT

                        Oui, voici
Les sapins dont les vents agitent les feuillages,
Et le sentier bordé par des rochers sauvages.

DEUXIÈME SOLDAT

Voilà bien dans le fond l'ermitage éloigné!
Tout cet endroit est tel qu'on nous l'a désigné....
Il ne saurait longtemps nous dérober sa fuite.

BEPPO

Depuis plus de six mois je suis à sa poursuite;
Nous avons parcouru les plaines et les monts,
Traversé les ravins, exploré les vallons,
Mais ce bandit armé d'audace et d'insolence,
A trompé notre zèle et notre vigilance.
J'espère que ce soir avant que le soleil
Ne cache ses rayons à l'horizon vermeil,
Nous tiendrons ce brigand avec toute sa bande.
Qu'en pensez-vous, amis?

PREMIER SOLDAT
   Que le ciel vous entende!

BEPPO

Pas de quartier!

TOUS, *ensemble*
Non, pas de quartier!

BEPPO
     Mais avant
Toute chose, ayons soin de le prendre vivant!
N'oubliez pas que, mort, la peau de ce vil drôle
A chacun d'entre nous ne vaut qu'une pistole;
Tandis que pris vivant il vaut mille ducats
Que nous partagerons ensemble... N'est-ce pas,
Vous le reconnaîtrez?..

PREMIER SOLDAT
  Cela suffit.

BEPPO
    Silence !

Je vois près de ces lieux un vieillard qui s'avance
Accompagné d'un guide, et vêtu de haillons...
Cachons-nous à l'abri de ces ravins profonds,
Et veillons avec soin...

(Beppo disparaît avec ses soldats derrière les rochers.
— Gil Nathan, aveugle et conduit par Batiste, paraît au
détour du sentier, et chemine lentement.)

SCÈNE II

GIL NATHAN, BATISTE; UNE VOIX *dans la vallée*

GIL NATHAN

J'ai faim ! La brise errante
Murmure au fond des bois... J'entends l'oiseau qui chante,
Où sommes-nous ?

BATISTE

Dans un âpre et profond sentier
Bordé d'un noir bosquet où fleurit l'églantier;
Déjà, cachant au loin sa lumière voilée,
Le soleil a quitté le fond de la vallée;
Maître, nous sommes seuls...

GIL NATHAN

Vois-tu dans le lointain
Quelque toit habité placé sur le chemin?
Vois-tu quelque maison, solitaire et tranquille,
Où nous puissions trouver pour la nuit un asile?

BATISTE

Nous sommes dans un lieu désert, et je n'entends
Que le bois agité par le souffle des vents;
Je ne vois devant moi, près du sentier sauvage,
Qu'une masure en chaume en forme d'ermitage.

GIL NATHAN

Je ne puis suivre, hélas! plus longtemps mon chemin!
Je suis exténué de fatigue et de faim;
Batiste, mes genoux fléchissent, la nuit tombe...
C'est ici que ta main devra creuser ma tombe.

BATISTE

Courage, monseigneur!

GIL NATHAN

       Quelle horrible leçon
Pour mon orgueil superbe et ma triste raison!
J'avais cru, sur la foi de ma science altière,
Que l'homme était le roi de la nature entière,
Et qu'il pouvait donner seul l'explication
Des rouages secrets de la création...
Alors le cerveau plein de vastes espérances,
J'ai courbé mon esprit à des travaux immenses;
J'ai cru, nouveau Titan, dévoiler par mes mains
Les mystères des cieux et des siècles lointains,
Et, d'un bond libre et fier m'élançant dans l'histoire,
Eblouir les humains des rayons de ma gloire.
J'ai voulu diriger l'univers éperdu
A travers l'horizon de l'immense Inconnu;

J'ai voulu, dieu moi-même, ainsi que Prométhée,
Régénérer le monde au contact de l'Idée;
Et, de même que lui par mon orgueil puni,
Je suis tombé du haut de l'espace infini,
Mutilé, foudroyé par la flamme immortelle,
Que j'ai voulu ravir à la voûte éternelle.

BATISTE

Votre orgueil fut bien grand, mais bien plus grande encor
Est l'expiation.

GIL NATHAN

Le destin est plus fort
Que nous: il m'a frappé, par une injure amère,
Dans l'amour de mon fils, dans celui de sa mère.

BATISTE

Oubliez tout cela, monseigneur.

GIL NATHAN, *avec exaltation*

Oublier!
Quand la faim me glaçant d'un contact meurtrier
Succède à l'opulence et que sa froide bouche
Me déchire et me mord dans un baiser farouche!
Oublier! quand l'esprit des splendeurs du passé
Dans le présent hideux retombe tout froissé,
Et que mon cœur, meurtri par une sombre étreinte,
Pleure dans l'avenir son espérance éteinte!
Oublier! quand la nuit de noires visions,
Des fantômes hideux, des apparitions,

Voltigeant tout autour de ma tête en délire,
Me jettent à l'envi leur infernal sourire!
Oublier! quand privé du firmament qui luit,
Mes yeux sont entourés d'une profonde nuit,
Et que, par un excès de vengeance suprême,
Ma pensée est laissée en face d'elle-même!
Cela ne se peut pas, je ne puis oublier....

BATISTE

Il faut prier alors.

GIL NATHAN

Je ne veux pas prier!

(En ce moment on entend dans la vallée
une voix de jeune fille qui chante).

LA VOIX

Oh! que la nature est charmante,
Quand le printemps est de retour!
Le vent soupire et l'oiseau chante
Au fond des bois ses chants d'amour.
L'eau qui coule sous les feuillages,
La fleur qui naît sous le ciel bleu,
Et les zéphirs et les ombrages,
Tout y rappelle le bon Dieu...

La moisson riante et féconde
Confie au soleil son trésor,
Et secouant sa tresse blonde,
Fait onduler ses épis d'or.
L'ombre qui descend dans la plaine,
L'encens qui monte du saint lieu,
Et des échos la voix lointaine,
Tout y rappelle le bon Dieu!

GIL NATHAN, *prêtant l'oreille*

Dans les sombres détours de la vallée obscure,
Entends-tu cette voix si suave et si pure?
Allons! guide mes pas vers elle...

BATISTE

C'est la voix
De quelque jeune fille errante au fond des bois,
Qui rentre avant la nuit dans son humble chaumière.
Cette voix fraîche et pure appelle la prière...
Maître, prions aussi! prions, quand vient le soir!

GIL NATHAN

Mon âme est désormais vouée au désespoir!...

LA VOIX, *continuant*

Dans le mystère des charmilles,
Quand le printemps est de retour,
Jeunes garçons et jeunes filles
S'égarent pour parler d'amour.
Le doux parfum qui s'évapore,
Les astres d'or, globes de feu,
Et du beffroi la voix sonore,
Tout y rappelle le bon Dieu.

Le papillon brillant s'envole,
Au gré des vents, vif et léger;
La fleur entr'ouvre sa corolle,
Pour recueillir son doux baiser.
La brise qui gémit et passe,
Les sons du cor, les chants d'adieu,
Et les mille bruits de l'espace,
Tout y chante un hymne au bon Dieu...

(La voix s'éloigne et se perd
dans le lointain.)

GIL NATHAN

Le son de cette voix se perd dans le lointain...
Dans les brumes du soir les bornes du chemin
Disparaissent déjà... J'ai froid! J'ai faim!.. Ecoute!
J'entends un bruit confus... Entends-tu?

> (On entend des coups de fusils
> dans la montagne.)

BATISTE

           C'est sans doute
Le bruit répercuté par l'écho du vallon
D'une pierre roulant de la cime du mont.

> (Des coups de fusils plus rapprochés
> se font entendre.)

GIL NATHAN

Ce sont des bruits d'épée et de mousqueterie;
Ce sont des hurlements de rage et de furie...
Que se passe-t-il donc?

> (En ce moment, don Diégo enveloppé
> d'un manteau, blessé et s'appuyant sur le
> tronçon de son épée, débouche de derrière
> un rocher. — Il s'arrête aux bords du sen-
> tier.)

SCÈNE III

DON DIÉGO; GIL NATHAN; BATISTE

DON DIÉGO, sans voir son père

         Les lâches m'ont surpris
Dans ce lieu solitaire, ainsi que mes amis.

Hélas! je suis trahi, cerné; pas une issue!
Les soldats embusqués gardent chaque avenue.
Mon sang coule de vingt endroits; je suis blessé.
Il ne me reste plus que ce tronçon brisé...
Le superbe lion au fond de son repaire
Est encore terrible au chasseur téméraire...

> (Apercevant son père et Batiste.)

Que vois-je? Le destin se raille-t-il de moi?
Mon père, c'est bien vous! Batiste, c'est bien toi!..
Vous détournez les yeux...

> (Il s'approche.)

GIL NATHAN, *à part*

Quel funeste présage!
Je connais cette voix...

BATISTE

Monseigneur, du courage!

DON DIÉGO

Quoi! mon père, c'est toi, pauvre, aveugle, souffrant
Et couvert de haillons ainsi qu'un mendiant!..
Et c'est moi, fils maudit, qui cause ta misère.

> (Il jette son manteau sur les
> épaules de son père.)

GIL NATHAN, *repoussant le manteau*

Non, je n'ai plus de fils.

DON DIÉGO, *suppliant*

Pardonne-moi, mon père!

GIL NATHAN, *avec amertume*

Jadis j'avais un fils; il était noble et beau;
De tendresse et de soins j'entourai son berceau;

C'était mon avenir, l'espoir de mon vieil âge;
C'était comme un rayon du ciel après l'orage.
Aujourd'hui j'ai perdu ce fils... Seul, vagabond,
Abandonné de tous et courbé sous l'affront,
J'erre au hasard...

BATISTE, *à Gil Nathan*

Chassez un penser si funeste.
Si vous avez perdu votre fils, il vous reste
Votre vieux serviteur.

DON DIÉGO, *à son père*

Laissons là le passé;
Le malheur nous unit en ce jour.

GIL NATHAN

Insensé!
Le malheur nous sépare au contraire...

DON DIÉGO

Mon père,
Ramène vers ton fils un regard moins sévère.

(Il veut porter à ses lèvres la main
de son père, qui le repousse.)

GIL NATHAN

Jamais!

BATISTE

Pitié pour lui, monsieur le comte, au nom
De sa mère mourante et de son amour!

GIL NATHAN, *avec force*

Non!

DON DIÉGO

C'est ici qu'est marqué, sur cette terre nue,
Le lieu de notre triste et dernière entrevue.
S'il est vrai que la mort, ce mystère effrayant,
N'est que le froid sentier qui conduit au néant,
Nous ne nous verrons plus.... Si la mort, au contraire,
Est le seuil inconnu qui mène à la lumière,
Quel que soit ici-bas notre tort mutuel,
Nous devons nous quitter sans colère et sans fiel.

*(Beppo et ses soldats, la carabine
au poing, paraissent sur les hau-
teurs.)*

BEPPO

Nous le tenons enfin! par le jour qui m'éclaire,
Ce brigand est à nous...

DON DIÉGO, *à son père*

Je vais mourir, mon père.

Ta main...

GIL NATHAN

Non!

DON DIÉGO, *tombant à genoux*

Ton pardon...

GIL NATHAN

Non!

DON DIÉGO

Pauvre, humilié,
Tu vas traîner partout ton orgueil foudroyé;
Dans un jour si cruel ta pitié m'abandonne...

GIL NATHAN

Je te maudis!

DON DIÉGO, *avec douceur*

Et moi, père, je te pardonne!

(A Beppo, qui s'avance pour l'enchaîner.)

Pas encor!.. par le ciel trahi mais non vaincu,
Je saurai mourir libre ainsi que j'ai vécu...
Là, devant moi, se dresse au fond de ces vallées,
Un noir entassement de roches dentelées;
Jamais le fier chasseur de ce lieu plein d'horreur
Encor n'a mesuré l'immense profondeur;
Jamais l'izard léger, ni le chamois agile
De ce gouffre béant n'ont profané l'asile...
C'est là, sur ces rochers, que le sort inhumain
Du morne voyageur a borné le chemin...

(A son père.)

Mon père, adieu! demain avec des cris de joie,
Les vautours affamés planeront sur leur proie!!!

(Il se traîne sur les bords du ravin, et poussant un grand
cri il s'élance dans le précipice, avant que les soldats
aient pu s'emparer de lui.)

BATISTE, *tombant à genoux*

Courbons-nous sous la main qui nous frappe en ce lieu!
Il est un Dieu clément...

GIL NATHAN, *d'une voix sourde*

Non! il n'est pas de Dieu!!!

(La nuit tombe.)

FIN

TABLE DES MATIÈRES

Paris. — Imp. Dubuisson et Cie, rue Coq-Héron, 3.